殿下、甘やかしすぎです!

〜女嫌い王弟公爵の過保護な求婚計画〜

舞 姫美

Vanilla文庫

Contents

殿下、甘やかしすぎです！ 女嫌い王弟公爵の過保護な求婚計画

イラスト／サマミヤアカザ

【序】

「あ……ああっ‼」

最奥で放たれた熱を受け止めながら、フィオナは全身を震わせて達する。レックスものしかかるように強く抱き締めて最後の一滴まで注ぎ込みながら、腰をぐりぐりと押し回した。

敏感な花芽がレックスの引き締まった腰で刺激され、フィオナは汗ばんだ広い背中にしがみつく。吐き出した精を亀頭で子宮口に塗り込められ、喘ぎ声がさらに高まった。

「あ、あっ、奥……そ、んなにしては……んぅ……っ」

「すまない……っ。痛い、か……？」

ひどく申し訳なさそうに言われ、フィオナは慌てて首を左右に振った。そのせいでわずかな振動が蜜壺に伝わって中の男根をきつく締めつけ、また新たな絶頂を迎えてしまう。

「……あ、はぁ……っ‼」

「……く、ぅ……っ」

レックスが低く呻《うめ》いて腰を止める。吐精して萎《な》えたはずの肉竿はすぐにまた硬くなり、雄々しく反り返って蜜壺の上部を押し上げてきた。まさかまだ、と見張った瞳で驚きの問いかけをすると、レックスが小さく苦笑しながら抽送を再開した。

「すまない。また君が欲しくなってしまった……。もう少し、付き合ってくれない、か……」

さすがにもうくたくただ。際限なく求められ、初めて男を受け入れる身体は休息を求めている。

けれど彼が求めてくれるならば――応えたい。

(だって……私が穢されていても構わないって、言ってくれて……)

フィオナは緩やかに突き上げられながらも、レックスの頬を両手で包み込む。

艶やかな黒髪と鋭く険しさを感じるアクアマリン色の瞳――整った顔立ちながらも表情は大抵において厳しく、周囲を常に威圧しているような雰囲気を醸し出している人だ。だが今このときは、フィオナへの想いを隠さず、焼かれてしまうのではないかと思うほどの情欲をたたえた熱い瞳を向けて、かすかに上気した男の艶を含んだ表情をしている。

フィオナが欲しいと、全身で訴えてくれている。だからフィオナは微笑み、レックスの頬を優しく撫《な》でながら頷《うなず》いた。

「いくらでも……私はレックスさまのものですから……」

レックスが嬉しそうに微笑み返す。

「フィオナ、愛している」

「はい。私はもうあなたのもの……私も愛し、て……あっ」

愛の言葉を最後まで紡《つむ》ぐ前に、レックスの深く力強いひと突きが与えられ、フィオナは甘く淫らな喘ぎ声を上げた。絶え間なく与えられる愛を懸命に受け止め、溺れ、快感を極める。

そうしながら彼と結ばれたこの縁の不思議さを、しみじみと感じ入るのだった。

【第一章　男性恐怖症と恋人契約】

（気持ち悪い……）

喉の奥から酸っぱい何かがこみ上げてきて、フィオナはついに耐えきれず蹲《うずくま》った。

幸いパーティー会場から離れた渡り廊下だ。パーティーはまだ始まったばかりだから、会場から離れる者はほとんどおらず、人の気配はない。ここで少し休んでいこう。

秋もだいぶ深まりそろそろ冬の気配が見え始めている時期の夜気は、意外に冷たい。フィオナはショールの前を掻き合わせる。それでも今はその冷たさが、気分の悪さをほんの少し宥めてくれていた。蹲って胃の辺りを右手で押さえながら、フィオナは大きく息を吐く。

（駄目ね、私ったら……早く夫になってくれる人を見つけ出さなければならないのに……）

そのために王都に居を構えるコーベッド男爵家に嫁いだ親友・クラリッサの助力を得て、積極的にパーティーに参加しているのだ。

幸い、王都の社交界に顔を見せ始めたフィオナに興味を持ち、声をかけてくれる男性も何人かいてくれた。だがフィオナの家格が王都の社交界では大した価値がないためか一夜限りの火遊びをしたがる者もそれなりにいて、この夜は最近しつこく絡んでくる貴族子息を追い払うのに気力を使い果たしてしまった。

早く夫となってくれる人を探さなければならないとわかっているものの、この類いの異性を迎えるつもりはない。そうしたらまた、同じことが繰り返されてしまうはずだ。

従兄にされたことを思い出して、身震いする。

――フィオナはこのリンメル王国の西に位置し風光明媚な穀倉地帯である領地を治める、アビントン伯爵家嫡女だ。リンメル王国の貴族の中では、所謂、田舎貴族である。だがアビントン伯爵家は領地内に隣国との境界線となる山脈を有し、そこで採れる貴石を管理していた。良質な貴石は国内外でかなりの人気で、王国の外貨作りの一部を担っている。

アビントン伯爵家は代々領地に密着した生き方を好み、王都進出などの権威欲がなかった。自然豊かな領地で民を身近に感じながら領地を治め続けてきた古い家格ではあるが、王都の華やかな社交界で権勢をふるう貴族たちからは、どうしても馬鹿にされがちだった。

数年前、フィオナは不慮の事故で両親を亡くした。この国では跡継ぎに女児しかいない場合に限り、女性も爵位を継ぐことができる。家督は一人娘のフィオナが継ぐことになった。

また十八歳にならなければ成人と認められず、それより前に家督を継ぐことはできない。それまでは、亡き母の弟である叔父・チャールズが、一時預かりとして家督を代行していた。

そして今年の春、フィオナは十八歳を迎えて成人の儀を執り行い、領民からの祝福を受けて爵位を継いだ。これからは叔父とその息子・デイヴ、そしてまだ見ぬ夫とともに、両親と先祖たちが守ってきた領地と民を、彼らと同じように守っていくのだと改めて決意した。

領民を第一に考え彼らによく慕われていた両親を一番近くで見てきたフィオナが、嫡女としてそう決意するのは当然だった。

だがそんなフィオナに、叔父はデイヴと結婚するよう言いつけた。寝耳に水の要求だった。両親はフィオナに嫡女としての責務と義務についてしっかりと教育しながらも、領民を守るために望まぬ婚姻を結ばなくてもいいよう、領地の管理をきちんとしてくれていた。だが爵位がフィオナに返されたとき、アビントン伯爵家の財政は火の車状態だったのだ。

屋敷とその土地も担保に入っていて、何とか自転車操業で取り上げられずに済んでいた。唯一の救いだったのは、貴石採掘の監督をしていることで王国から下賜されている管理費にはまだ手が着けられていないことだった。

だがそれも明らかに時間の問題だ。デイヴとの結婚を提案してきた時点で、叔父はこの結婚により名実ともに伯爵家の財産を掌握し、管理費で損失を埋めるつもりなのだ。

期限付きとはいえ家督代行者になって気が大きくなり、賭け事や贅沢に手を染めてしまったらしい。身内を助けるのは当然だと悪びれもせず姪に縋《すが》ってきたことが信じられなかった。

なんてこと、とフィオナは叔父を追及した。

そもそも伯爵家の財産は、自分たちを豊かにするためのものではない。それを使って領民の暮らしを豊かにし、末永く彼らが安心して暮らせるようにするためのものだ。

叔父の動向にもっと注視しておかねばならなかった。まだ爵位を継いでいない自分があれこれ口出しするのはどうかと遠慮してしまい、些細な違和感や疑問点を見ないふりをしてしまった。それらが積み重なってこんな状態になってしまった――これはフィオナの怠惰によるもので、背負っていかなければならない罪だった。

どうやったら叔父の失態を取り戻すことができるか。フィオナは領地の財政を調べ直し、領民から話を聞き、最善策を考えた。眠る間も惜しく、疲労は蓄積されていく一方だった。反省の顔すらしない叔父たちとこんな精神状態でまともな話し合いができるとは到底思えず、フィオナは事態が収束するまで叔父たちに屋敷への出入りを禁じた。

そんな折にデイヴがフィオナの体調を心配し、ワインの差し入れを持ってやってきた。差し入れよりも執務を手伝って欲しいとは思ったものの口にはせず、少しは反省の気持ちを持ったのかもしれないと、フィオナは彼を迎え入れた。とはいえ、まだ仕事にめどがつかないから一口だけと念を押して。

デイヴは「もちろんだよ」と人好きのする笑みを浮かべてグラスに少しだけワインを注いでくれた。

彼は父親と同じ濃茶色の髪と少したれ目がちの目、そこそこ整った顔立ちをしているため、領地の女性たちの評判は悪くない。フィオナより三つ年上だがよくこちらに遊びに来ていて、いわゆる幼馴染のような関係だ。

だがフィオナはこの従兄が本能的に苦手だった。デイヴからは表現しがたい粘着質な視線を感じることが多々あったからだ。

フィオナが年頃になってからはその視線は強くなるばかりで、男女の仲に疎いフィオナですらも彼が何を求めているのか想像できた。だから不必要に近づくことを避けてもいた。

なのに迎え入れてしまったのは、心と身体の疲労ゆえだろう。

この夜、デイヴは強引に既成事実を作ろうと暴挙に出た。父親の無能さを嘆きフィオナの身を案じながら、自分と結婚するのが一番の最善策だと言って。

(ああ、また……吐き気、が……)

あのときのことを思い出しただけで、嘔吐感が強まる。口元を押さえる手がかすかに震えていたが、どうにもできなかった。代わりに自分を両腕で強く抱き締める。ショールの温もりも意味をなさず、震えはやがて全身に広がっていく。

全力で抵抗したおかげで最悪の事態は何とか回避できたが、それから数日の間、フィオナは屋敷に引きこもるほど精神的に参ってしまった。特に異性に会うと——それが気心知れた屋敷の使用人であっても——デイヴにされたことを思い出してしまい、気力を振り絞らないと目を合わせることすらできない状態だった。

事情を知らない使用人たちはとても心配し、あれこれとフィオナを元気づけてくれた。彼らの優しさのおかげで、再び執務に戻ることができた。もう叔父たちの好き勝手にはさせないと、改めて決意した。

だがフィオナが引きこもっている間に、叔父はもう動いていた。両親を喪《うしな》った寂しさにこれまで健気に耐えていたものの爵位を継ぐ重責が加わって心を病んでしまったと、領民や領地外の貴族たちに吹聴していたのだ。

それは王都に住まう男爵家に嫁いだ親友・クラリッサの耳にも届き、心配した彼女がフィオナのもとに駆けつけてくれた。

叔父とデイヴはフィオナをとても心配した様子を見せていたが、クラリッサはそれを適当にあしらい、とにかくフィオナに会わせて欲しいと部屋に入ってきた。こちらに来ることを最優先したのだと、簡素なドレスと軽く結い上げただけの髪型が教えてくれた。

扉を閉めるとクラリッサは鍵をかけ、フィオナに向かって言った。

「こんなところにいたらあいつらに好き勝手に利用されて、価値がなくなったら捨てられるわ！　そんなこと、私が許さないわよ！　そもそもあなたが気鬱の病にかかるなんてこと、あるわけないでしょう。ご両親の意思を大事にして、領地のためにあなたはいつも一生懸命だったのだから。まったくもう、なんてとんでもない噂を流してくれるのよ！」

怒髪天を突く勢いでまくし立てたクラリッサに、フィオナは思わず泣いてしまった。

今でこそ男爵夫人として淑女然とした格好と物腰だが、フィオナと一緒に時々茂みにスカートを引っかけて破いてしまったり、男児相手に棒切れを振り回して喧嘩したりと、お転婆で勝気なのが元来の彼女だった。

緩やかな曲線を描くブルネットの髪と少し吊り目の濃茶色の瞳が見る者にきつい印象を与えがちだが、心根はとても優しくどこかお人良しなところもある人だ。

クラリッサはフィオナを抱き締めて言ってくれた。

「今はここにいては駄目よ。私のところに来て。旦那さまには話をつけてあるわ」

親友の心遣いはとても嬉しい。だがここで領地を離れてしまったら、叔父たちがさらに好き勝手に動くだろう。そう断るとクラリッサは厳しい目をして続けたのだ。

「ここは一旦、退くべきだわ。そしてあなたの力になってくれる人を見つけるべきよ。次にここに戻ってくるときは、あの人たちが二度とあなたに会えないくらいにまで徹底的に潰せる準備ができてからよ。もどかしいし苦しいでしょうけれど、力を蓄えましょう」

田舎でゆったりと生活してきたクラリッサも、嫁いでから王都の貴族社会でずいぶんと揉まれたのだろう。自分が世間知らずだったことを思い知らされた。

力になってくれる人――それは、フィオナの夫になってくれる人だ。叔父とデイヴを抑え込むには彼らの息のかかっていない者を夫とし、彼と協力して二人の罪を白日の下に晒《さら》して罰しなければならない。

そのためにも、まずは社交に力を入れるべきだというクラリッサの助言に同意し、こうして彼女が手配してくれた社交場に連日のように足を運んでいる。

クラリッサはとても社交的で、王都の社交界に友人が多かった。有名投資家でもある夫のために社交には特に力を入れているらしい。

クラリッサのおかげで声をかけられることは意外なほど多かった。だがそのほとんどが見かけない令嬢に対する好奇心で、家名を名乗れば田舎貴族かと笑顔の裏で落胆されることがほとんどだった。

加えて火遊びを楽しむために声をかけてくる者も多い。今夜もそうだった。目を付けられてしまったのかさりげなさを装いつつやたらと身体に触れられ、ここまで逃げてきたのだ。

異性に触れられると――情欲の目で見られると、デイヴに襲われたときのことを思い出して気分が悪くなる。さすがに引きこもるほどではなくなったが、まだ駄目なようだ。

（こんな状態では、夫になってくれる人なんて見つからないかも……）

王都に来てもう一ヶ月ほど経っているが、関係が進展しそうな相手には出会えていない。

人同士の信頼は、一度の会話で生まれるものではないとわかっている。ここは辛抱強く、まずは王都の社交界で人脈を作ることが最善だ。だがこうしている間に、叔父たちは今以上の富を求めて増税などしていないだろうか。

弱気になっては駄目だ。そう言い聞かせても、再び吐き気がやってくる。

やり過ごそうと強く目を閉じたとき、背後でこつ……っ、とかすかな靴音がした。

「――どうした」

低く厳しく強張った男性の声だった。けれど響きが良く、明瞭な発音をしている。

誰かが近づいてきた気配など、まったく感じなかった。本能的に警戒して振り返ったときにはもう、フィオナの目の前で長身の青年が屈み込んでいた。

「気分が悪いのか」

光が当たると深緑にも見える深く美しい黒髪を、清潔感漂う髪型に整えている。この不思議な色合いの黒髪は、隣国・ガスティン王国の民が持つ独特のものだった。

前髪を撫でつけて、精悍な額が露わになっている。瞳の色は湖面を思わせる透明度の高いアクアマリン色だ。切れ長で目尻がわずかに上がっていて、三白眼だ。眼光が鋭く薄く形のいい唇を真一文字に引き結んでいるため、見つめられただけで非常に威圧感を覚える。何もしていなくとも謝罪してしまいそうだ。

無駄な筋肉が一切ないすらりとした長身と長い手足――黒を基調とし襟や袖、裾などに艶のある青糸で刺繍《ししゅう》された盛装を見事に着こなしている。美しく整っているのに一切女性らしい雰囲気が感じられない整った顔は、異性に騒がれること間違いないだろう。

「……だ、いじょうぶ……です。お気遣いなく……」

吐き気を堪《こら》えて微笑とともに応える。青年の眉が、ぴくりとわずかに跳ねた。

「そんな青白い顔をして大丈夫なわけがないだろう」

憮然と言い返しながら、青年が手を伸ばしてくる。その手が記憶に刻まれた襲われたときのデイヴの手と重なり、フィオナは反射的に自分を抱き締めて身を強張らせた。

青年は眉を寄せると伸ばしかけた手を止め、ゆっくりと握り締めた。フィオナは我に返る。

「も、申し訳ございません……！　あの、他意はなく……っ」

「いや、慣れている。謝るな」

それはどういう意味なのだろう。問いかける前に青年は上着を脱ぎながら立ち上がる。

なぜここでそれを脱ぐのか。

再び身構えてしまったフィオナの肩に、青年がそれを掛けてくれた。柔らかな温もりと新緑に似た爽やかな香りに包み込まれ、ドキリとする。

「今夜は冷える。着ていろ。俺が怖いようならば誰か呼んでくるが、待っていられるか？」

「い、いえ！　本当にもう大丈夫ですので……っ」

慌てて立ち上がったときにはもう遅かった。嘔吐感が強くなり、立ちくらみに襲われる。

「おい、しっかりしろ。おい……‼」

青年がフィオナをしっかりと抱き止め、呼びかけてくる。そのかすかに慌てた声を聞きながら、フィオナは意識を失った。

「――フィオナ、君はどんどん美しくなるね。さすが僕の従妹だ」

妙に粘着質なデイヴの声に名を呼ばれるたび、背筋に怖気が生まれた。褒めてくれる言葉には必ずといっていいほど『僕の従妹』と続けられ、まるで所有物のような物言いが嫌だった。

デイヴは虚栄心が強く、何かにつけてフィオナに実力を見せつけていた。家庭教師から神童と褒められただの、狩りで一番の大物を仕留めただの――だが一度として試験の結果や成績評価表を見せてくれたことはなく、仕留めた獲物を持ってきたこともない。

口先だけの自慢話なのだろうと、幼い頃から理解していた。それを指摘したところで親戚関係が悪くなるだけだからと、聞き流していた。

「フィオナ、君は僕と結婚するんだよ。それが一番いい方法だ。父上の愚かさをどうか許して欲しい。だがこれからは僕と君でアビントン伯爵家を盛り立てて、借金を返していこう」

何を言っているのかわからなかった。父親にすべての罪をなすりつける厚顔無恥さ、責任転嫁をしても悪びれないところなど、とても受け入れられるわけがない。

だからデイヴの頬を叩いて拒んだ。ボタンが飛んではだけてしまった胸元を隠すこともできず、フィオナは懸命に彼から逃げ出した。

デイヴに捕まることのない、どこか遠くへ逃げなければ――フィオナは懸命に走り続ける。

「フィオナ、君は僕のものになるんだよ」

優しい笑顔を浮かべて、デイヴが追いかけてくる。彼はゆったりと歩いているのに、距離が離れない。足を止めたら最後、捕まってしまう。

（嫌。あんな人の思い通りになんてなりたくない）

周囲は真っ暗で何も見えない。果てがあるのかもわからない空間を、必死に走り続ける。

「フィーオーナーっ‼」

地獄の底から這い上がってくるかのようなデイヴの声が、すぐ背後に迫った。辛うじて悲鳴を呑み込んだ直後、何かに躓《つまず》いてしまう。

ここで倒れたら、捕まってしまう。どうしたらいいの、と前のめりに倒れ込みながら泣きそうになったフィオナを、そのとき、優しく抱き止めてくれる腕があった。

「――どうした。気分が悪いのか」

低く険しい男の声だった。蹲っていたフィオナにかけられた声と同じものだ。

恐る恐る顔を上げるが、顔は見えない。だが、彼の背後に光があった。これまで光など一切なかったというのに。

「俺に、どうして欲しい？」

なぜそんな問いかけをされるのかわからず、困惑する。

「フィオナ、どうして逃げるんだ？　フィオナ、フィオナ、フィーオーナーっ‼」

デイヴの狂気じみた声が、さらに迫ってきた。このままでは追いつかれる。

フィオナは声にならない悲鳴を上げ、男の腕を強く摑《つか》んだ。

男の手が、そっとフィオナの手を包み込む。大きくて温かい掌に、気づけばホッと安堵の息を吐いてしまう。

「俺は立場も金もそれなりにある。だからこそ安易には動けない。俺にどうして欲しいのか教えてくれることが、まずは絶対条件だ」

助ける気があるのかと疑ってしまうほど厳しい声音のままだった。

だが不思議とその響きに確かな頼もしさと優しさが見えた。本当に相手のことを考えている言葉だと思えた。

フィオナは唇を震わせる。

今一番言いたかったことは、これだ。クラリッサにも言えなかったことだ。

「私を、助けてください……！」

口にすること自体が罪のように感じていたが、吐き出してしまうと心がとても軽くなった。

「――わかった。君を助けよう」

逆光に縁取られた彼は、一切の気負いなく頷いた。

全身の力が抜けて、彼にもたれかかる。彼が優しく抱き締めてくれると、ぴたりとデイヴの声がやんだ。

やがて彼の姿が空間を満たしていく光に呑み込まれ、消失していく。

(もう大丈夫)

とても心地良い彼の温もりが、そう確信させた。

——突然目覚めのときがやってきて、フィオナは大きく目を見開いた。

夢と現実の境目が一瞬わからず、思わずきょろきょろと辺りを見回す。

どこかの応接間のようだ。ソファとテーブルがあり、フィオナはソファに横たわっていた。

しかも見知らぬ青年の膝を枕にし、彼の片手を強く握った状態で。

(……何⁉　ど、どういうこ、と……ええっ⁉)

青年の空いている方の手は、フィオナの胸元に伸びていた。

今日のドレスは立て襟にレースの縁取りがあるものだったが、首筋の後ろに並んだくるみボタンがすべて外されている。秋風の冷たさを危惧して羽織っていたはずのショールも肩にはなく、適当にたたまれてテーブルの上に置かれていた。

夢の名残もあって、フィオナは瞬時に青ざめ悲鳴を上げた。この男が何をしようとしていたのか、わざわざ説明されるまでもない。

「嫌‼　触らないで‼」

力で勝てないとわかっていても、フィオナは全力で抵抗した。無茶苦茶に腕を振り回し、拳で青年の身体を叩き、視界に入ったクッションを掴んでバシバシと殴打する。

黒髪の青年は苦痛にかすかに顔をしかめたが、反撃もせずその場に座ったままだ。撫でつけていた髪が乱れても、微動だにしない。

終いにはフィオナが疲れてしまい、ぜいぜいと荒い呼吸を繰り返しながらぐったりと動きを止めてしまう。

「落ち着いたか」

乱れた髪を指先で適当に整えながら、青年が低い声で問う。深い響きの声は険しさも際立っていて、暴挙を叱責されるのかと震えたが、そんなこともなかった。

とはいえ武器のクッションからは手を離さず、青年を睨みつける。

「あ、なたは誰？　ここはどこ⁉　私に何をしようとしていたの⁉」

「先に名乗った方が良さそうだな。俺はレックス・ハーディングだ。名くらいは聞いたことがあるだろう」

フィオナは真っ青になって絶句した。

（レックス・ハーディング公爵……この方が⁉）

直接目にしたことはなくとも、彼のことを知らぬ貴族は国内にはいない。

レックスは同盟維持のためガスティン王国第一王女だったアガサを母とし、第二王子として生を受けた。十八歳のとき王位継承権を放棄し、五歳年長の兄王エイドリアンの臣下となるべく、ハーディング公爵家となった。このためにハーディング公爵家は作られた。

現在、二十三歳の若き公爵家当主だ。さらには数年前に病で亡くなった前国王から王位を継いだ兄王の第一側近となり、政《まつりごと》では非常に強い力を持っている。

物心ついた頃から余計な継承争いが起こらないよう、継承権放棄のために動いていたらしい。兄王は弟の忠誠に報いたいとハーディング公爵家を作り、充分な財産と領地を与えた。

兄弟仲はとても良く、互いを敬い合っていることが見ているだけでもよくわかるほどだという。それは二人の母親たちも同じく、エイドリアンの母・王太后とアガサは、まるで友人のように仲が良かった。

アガサは王太后をよく立て、決して出しゃばらなかった。王太后はそんなアガサを重用し、彼女が流行り病で国王とともに亡くなったあともレックスを実の息子と同じく扱った。

それを間近で見ていたからだろうか――レックスは兄を立て、一歩離れたところに常に控える存在だった。

朗らかで明るく社交的なエイドリアンとは対極に、レックスは寡黙でひどく近寄りがたい雰囲気を纏《まと》っている。若き公爵家当主と懇《ねんご》ろになりたいと貴族女性たちが彼の妻の座を狙っているが、鋭く険しい視線や口調、ほとんど笑わない表情などから話しかけられる者はあまりいないらしい。

加えてレックスはエイドリアンが公的に動けないときのために、様々な暗躍をしているとも言われている。貴族社会の腐敗した悪しき事件などが解決される際、必ずといっていいほど彼の介入があるらしい。

それもまた、下手に近づくと成敗されるのではないかと貴族たちに警戒されてしまう理由だろう。

対面するのは初めてだが、噂はあながち誇張と虚実ばかりではないようだと思える。眉一つ動かない感情のない顔は、いくら整っていても精巧な人形めいていて恐ろしい。自然と声が出てこなくなる。

（でもだからって、謝罪しない理由にはならないわ！）

フィオナは震える心を叱咤し、レックスの前に膝をついて頭を下げた。

「……た、大変な失礼をしてしまい、申し訳ございませんでした……‼」

「なぜ、俺を攻撃した？」

ひっ、と喉の奥で悲鳴が上がる。どのような言い訳をしたところで、彼を不快にさせたことは間違いない。ならば潔く罪を認めて誠心誠意、謝罪するべきだ。

フィオナは頭を下げたまま、正直に言った。

「ド、ドレスを脱がせようとしているのかと思いました。そ、その……け、穢されるのではないかと……」

「気分が悪そうだったから胸元を緩めてやっただけだ。だが……確かにそう見えるな……」

フィオナは耳まで赤くなり、恐縮して身を縮める。自意識過剰だったのだ。

「ほ、本当に申し訳ございませんでした」

視線を一瞬だけ上げ、レックスの様子を窺う。

こちらが謝罪しても、レックスは無言だった。真一文字に引き結ばれた唇が動くことはあるのかと思ってしまうほど、厳しい表情だった。……これは、相当怒っている。

(仕方ないわ。それだけ失礼なことをしてしまったのだもの……)

早合点してしまった己を猛省する。だが、起きてしまったことをなかったことにはできない。ならばそれに対しての責任をきちんと取らなければ。

気持ちを切り替えると、少し心が落ち着いた。フィオナは頭を下げたままで続ける。

「私はフィオナ・アビントンと申します。このたびは公爵さまのご厚意に気づけず大変な失礼をしてしまい、申し訳ございませんでした。どうかお許しくださいませ」

「……それだけか?」

低く重々しい問いかけに、フィオナは内心で悲鳴を上げた。

(そ、それはつまり、謝罪の言葉だけでは足りなかったということ……!!)

何か詫びの品を用意しなければならないのか。それともデイヴのように身体を求められているのか。あれこれ色々なことを考えるが、レックスの意図が読めない。

フィオナはぐっ、と奥歯を噛み締め、己を奮い立たせた。

名乗ってしまった以上、対応を間違えればアビントン領はもちろんのこと、協力してくれているコーベッド男爵家にも迷惑がかかる。それだけは絶対に避けなければ。

「謝罪の品として何をご希望でしょうか。精一杯お応えいたしますので、お望みのものをお教えください」

レックスの眉がかすかに顰《ひそ》められる。

「何のことだ。俺は謝罪の品など求めていない」

「……で、ですが私の謝罪に対し、それだけか、と仰《おっしゃ》いましたので……」

あ、とレックスが短く呟く。え？　とフィオナが短く返す。

「……」

互いの目を見つめ合ったまま、何とも言えない微妙な沈黙が流れた。しばらくすると、レックスが低く言った。

「君が謝罪の言葉だけで終わったから、意外だっただけだ」

(ど、どういうことなのかしら……さっぱりわからないわ！)

困惑の表情のまま、レックスを見返す。彼も同じで、再び見つめ合って沈黙する。

「……失礼した。こういうとき、いらんと言っても色々と詫びの品を用意されていたものだから」

レックスほど高位の貴族があっさりと謝罪したことに驚きながらも、フィオナはようやく納得した。確かに大抵の者ならば彼の機嫌を取るため、あれこれ謝罪の品を押しつけそうだ。

「そういうことでしたか……申し訳ございません。また失礼なことを言ってしまって……」

レックスがふ、と軽く息を吐いた。

「俺も言葉が足りなかった。……君は、何が欲しいかを俺に聞くのだな」

「お求めにならないものを用意しても押しつけになるだけです。できれば喜んでいただけるものをお贈りしたいです。……こ、高価なものは無理ですが……」

そうか、とレックスは神妙に頷く。

「気分はどうだ」

言いながらテーブルに置かれていた水差しの水をグラスに注ぎ、フィオナに手渡してくれる。まさか給仕まがいのことをしてくれるとは思わず、驚きながらも受け取って答えた。

「だいぶ良くなりました。助けていただきありがとうございます」

「ならば少し俺と話してくれないか」

「会場にいらっしゃらなくてもよろしいのですか？」

「社交の場は苦手だ……。主催者に顔見せはしたから問題ない」

なるほど、と頷き、フィオナは微笑む。

どんな話がいいだろう。レックスのような人と話すのは初めてだ。色々尋ねて共通の話題を引き出すのがいいだろうか。

悩むフィオナの様子を見つめたまま、変わらずレックスは無言だ。話してくれないかと言いながらも、彼から話しかける様子はない。

何だかちぐはぐな要求だと思いつつも、フィオナはとりあえず無難な会話を投げかけてみることにする。

「私の故郷のアビントン領は……」

「ああ……領地の一面に広がる小麦畑は見事なものだった。アビントン領は貴石発掘の方が目立っているが、俺は景色が好きだ。あの黄金の小麦畑の道を馬で駆けたら気持ちいいだろう。今の時期だと種まきが終わった頃か」

「……レックスさまは我が領地を訪れたことがあるのですか？」

「ハーディング公爵となったときに一通り国内を見て回った。あまり時間を取れなかったからどこかの領地に滞在することはできなかったが……アビントン領も一応、見て回った」

彼が来るという知らせが入っていたら、領民総出でおもてなしをしたはずだ。それがなかったということは、お忍びで王国内を回ったのか。

意外に行動力のある人なのだとフィオナは驚き、感心する。

「王都に来たのは旅行か？　……いや、すまない。気分が悪いのだったな。横になれ」

「……あ、いえ！　もう大丈夫で……きゃ……っ」

反論の間を与えられず、レックスに腕を掴まれ引き寄せられてしまう。突然のことに身体がついていかず、気づけばソファに再び横たわっていた。しかも枕はまた彼の膝だ。

（ハーディング公爵ご当主さまの、膝枕……）

どのような褒美よりもすごいものではないだろうか。フィオナは思わず笑ってしまう。

「何がおかしい」

厳しい声で問いかけられたが、見返す瞳はほんの少しだけ微笑んでいるようにも見える。

（口調と態度では怒られているようにしか思えないけれど、私にこうもたやすく膝枕をしてくださるのだもの。心根はとても優しい人なんだわ）

おかげで強張った気持ちが解れ、フィオナはレックスを見上げて微笑みながら答えた。

「とてもすごいご褒美を頂いているような気になったもので」

「俺が？　君に？　何も与えていない」

「体調を気遣ってこうして膝枕もしてくださるお気遣いを頂きました。レックスさまは皆さまが仰るような怖い方ではなくて、とてもお優しい方なのだと思いました……」

レックスは特に言葉を返さない。その沈黙は、恐怖よりも穏やかさを与えてくれた。

気分もだいぶ楽になりレックスへの緊張も緩んだせいか、急激に眠気がやってきた。ふわ……っ、と小さく欠伸《あくび》をすると、彼の手が頭を撫でてきた。

「……レックスさまのお手……とても、安心します……」

「……そうか。ならば眠れ」

はい、と頷き唇を綻《ほころ》ばせたまま、フィオナは眠りに落ちていった。

静かな寝息が聞こえ始め、レックスは無言でフィオナの寝顔を見つめた。彼女は全身の力を抜き、安心して眠っていた。

頭を撫でてやったらあっという間に眠りに落ちたため、何となくそのまま撫で続ける。そうしながらレックスは険しい表情の下で、驚愕していた。

（異性とこんなふうに他愛もない話をしたのは、初めてではないか……？）

間違いなく初めてだ。そもそもレックスに対しての恐怖を克服し、膝枕を恐縮しながらも喜ぶ女性などいなかった。しかもそれを『すごいご褒美』などと言われたのも初めてだった。

（フィオナ、と言ったか。まさか変わった趣向の持ち主なのか？）

あまりにも常と違いすぎて、そんな穿った見方までしてしまう。

レックスと懇ろになりたいと近づいてくる異性は、うんざりするほどいた。それだけ彼女たちにとって自分は権力も財力も――一応は容姿も、魅力的なのだと自覚はしていた。

だが、この三白眼と目力の強さ、感情を表さない表情のせいで、会話が続かない。視線を少し向けただけで、震え上がられてしまう。

（まあ俺も社交的とは言えないしな……）

それでも以前は少し会話が成立していたのだが、ここ数年は発言を変に誤解されることが多くなった。特に好意を持ってもらえたと勘違いされることが増え、ならば黙っている方がいいと、めっきり社交の会話をしなくなった。

ある意味、自業自得なところもある。

だがフィオナとの会話ではその警戒をしなくても良かった。レックスが黙っていても怯《おび》えることなく話題を振ってくれようとする。タイミングが合わずにこちらから話し出しても彼女は嫌な顔一つしなかった。

時折、恐怖に竦《すく》むような仕草を見せることもあったが、一瞬だけだ。自然と肩の力が抜けていくのを自覚できた。それに、落ち着いた柔らかな声と時折零《こぼ》れる笑い声が心地良かった。

（いや……話した、というほど話したわけではないが……）

だがもう少し話したいと思わせるものを彼女は持っている。それが何かはわからないが。

レックスはフィオナの寝顔を観察し続ける。これまで自分に近づいてくる女たちとは、明らかに毛色の違う娘だった。

化粧は薄い。そもそも、化粧などしなくてもいいのではないか。肌は瑞々しく頬は優しい丸みを持ち、整った眉も優しい弓型をしている。静かな寝息を繰り返す唇に乗る口紅も、薄い色合いだった。

まだ無垢な愛らしさをあちこちに滲ませている優しい顔立ちだ。鳥の羽のように柔らかな睫《まつげ》で縁どられた瞳は、若草色だった。けれどレックスを撃退しようと果敢に立ち向かってきたときは瞳の奥に強い意志と光が宿り、色が濃くなって美しく輝いていた。

自分よりも強い相手に最初は怯《ひる》みながらも、果敢に立ち向かってきた。女性ながら見所があると、妙に感心した。彼女のように真正面から正々堂々と立ち向かってくる令嬢をレックスは知らない。

自分の部下に迎えたい。きっと彼女は勤勉に働いてくれるだろう。暗躍的な仕事が多い自分の、事情をよく知るパートナー役などどうだろうか。彼女の朗らかさは目的の人物に容易く近づくことができる手段になり得ないだろうか。

（……いや、こう思うことは間違っている……か？）

わからない。むうぅ、とレックスは顔を顰《しか》めた。そもそもなぜこんなふうに彼女を勧誘したいと思ったのかも、よくわからなかった。

袖口からすんなりと伸びた腕は、実に健康的で瑞々しい肌をしている。触れたらとても心地良さそうだと思ってしまい、レックスはますます顔を顰めた。なんて不埒なことを思うのだ、と己を叱責する。

（これまで女性にそんなことを思ったこともないだろう！　俺は一体急にどうしたんだ⁉）

自問の答えは見つからない。ううっ、とレックスは内心で呻く。

「う……ん……っ」

ふと、フィオナがわずかに頭を動かした。起こしてしまったかと慌てたが、彼女の瞳は開かない。代わりに髪留めを外そうとしているが、上手くいっていなかった。

レックスは起こさないように気をつけながら、髪留めを外してやる。そしてそれをテーブルに置き、手櫛で髪を優しく整えてやった。癖のない真っ直ぐな髪は彼女の領地の小麦畑を思わせる金色だ。

気持ちいいのか、フィオナは抵抗しない。寝息はますます深くなっていく。

せっかくだ。もう少し撫でさせてもらいたい。

(何か特別な手入れでもしているのか？　ずっと触っていられ……はっ⁉)

ふと我に返り、レックスは勢いよくフィオナの髪から手を離した。

(俺はなぜ‼　なぜ彼女の髪を撫でている⁉)

不用意に異性に触れれば相手に様々な口実を与えてしまい強引に近づかれると、これまでにうんざりするほど学んだはずだ。なのにどうして、彼女にはこうも警戒心を抱かないのか。

いや、ひとまず自分のことはどうでもいい。今のところ他者の気配は感じないが、こんなところを誰かに見られて自分との噂を立てられ、レックスを欲しがる女たちの標的にされたりなどしたら彼女の命に関わる。

それとは別に、気になることもあった。

(目覚める前の彼女の様子は、明らかにおかしかった)

ひどくうなされていて、レックスが思わず揺さぶり起こしたほどだ。フィオナは一時目を開いたもののうつろな瞳をこちらに向けるばかりで、まだ悪夢の中にいるようだった。

あのときのフィオナは何かに抵抗するように首を左右に振り、「やめて、触らないで」と繰り返した。どうした、と問いかけて頬に触れようとすると、レックスのその手を弱々しく押し返した。その仕草で彼女が過去に何をされたのかを悟れた。

おそらく邪な想いを抱いた者に襲われでもし、そのときの夢でも見たのだ。

（誰だ）

彼女を傷つけ、悪夢で痛めつけるその存在は――腹の奥に強烈な怒りが生まれた。問い詰めたい気持ちを辛うじて呑み込み、ひとまずある程度の距離を保とうとフィオナから手を離した。だが、今度はしがみつかれた。

「……っ⁉」

レックスは大きく目を瞠《みは》り、無音の驚愕の叫びを呑み込んだ。柔らかく温かな身体が急に密着して狼狽《うろた》えた。これまで強引に既成事実を作ろうとした女性たちを、冷徹な一瞥だけで撃退してきたというのに。

（急にどうした⁉　しかも柔らかい！　それに小さい‼　いい匂いもする……ん？）

その身体は小刻みに震えていた。

――気づけばフィオナを抱き締めていた。見た目以上に小柄で、腕の中にすっぽりと収まってしまった。そしてレックスは考えるより先にどうして欲しいかと問いかけていた。

離れて欲しければ離れる。守って欲しければ守る。彼女の意思を確認したかった。夢うつつの彼女にそんな理路整然とした問いかけをして、何を考えていたんだとあとで呆れてしまったが。

うつろな瞳がレックスを見返した。震える唇が動き、止まって——そっと息を吐き出す。

「私を、助けてください……！」

「——わかった。君を助けよう」

そんなやり取りを交わすと、彼女は心から安堵して再び眠りについた。

レックスは安堵の息を吐き、眠りの邪魔をしないよう再び膝を枕にして寝かせた。柔らかな身体を離すのが少し惜しかった。

——異性に対してこんなふうに思うのは初めてだ。自分の心なのによく理解できていない。

改めて彼女を見やると、なぜか彼女の手を握っていた。誰かに見られたらまずいと思った矢先なのに。

そっと手を離すと、こちらに近づいてくる足音が聞こえた。万が一のことを考え、守るためにフィオナに身を寄せる。

室内を窺う静かなノックの音とともに、自分と同じ年頃の若く潑剌《はつらつ》とした青年の声がした。側近・ローレンスのものだ。

「レックスさま、馬車の準備が整いました。いつでも出発できます」

パーティーの主催者に彼女の簡単な素性を確認してくるよう、言いつけておいたのだ。具合が良くなったとしても送ってやるつもりだった。

入室を許可する。フィオナを起こさないように気をつけながら、少々癖毛のブラウンの髪と同色の瞳を持つ青年が扉を開け——大きく目を瞠ったまま硬直した。

側近の異様な様子に驚き傍に歩み寄るため、フィオナの頭を膝から下ろそうとする。ローレンスが、くわっ、と目を剝《む》いた。

「どうかそのままで……‼」

声は潜められていたが鬼気迫る表情と声音にレックスは息を呑み、浮かしかけた腰をゆっくりと座面に戻した。

ローレンスは両手で口元を覆い、ふるふると身を震わせる。

「大丈夫か。お前もどこか具合が……」

「……ついに、レックスさまに春が……‼　これは夢ではないですよね？　……ええ、間違いありません。確かにレックスさまが可愛らしいご令嬢に膝枕をしていらっしゃいます！これは陛下にお知らせしませんと……‼」

「何を知らせるつもりだ。何も報告することはない」

瞳を潤ませる様子に嫌な予感を覚え、レックスが厳しく言い捨てる。土人の言葉が耳に入っていないのかローレンスはそれには返事をせず、足音を消してフィオナの傍に近づくと、騎士然と片膝をついた。

「お目覚めになられましたら改めてご挨拶させていただきますが、レックスさまの一の部下、側付きのローレンスと申します。どうぞよろしくお願いいたします」

（何か妙な勘違いをされている！）

だがレックスが何か言うより早くローレンスは立ち上がった。興奮のためか少し上気した頰に満面の笑みを浮かべている。

なぜそんなに嬉しそうなのか、さっぱりわからない。そしてなぜこうも側近の様子に危機感を覚えるのか、わからない。だがとにかく止めなければと慌てて口を開こうとするが、ローレンスの方が早い。

「こちらのご令嬢はハーディング公爵邸にお迎えいたしましょう」

「待て。彼女の意識が戻らないのにそれをしたら、誘拐だぞ」

「いいえ、保護です。レックスさまが自ら看病された貴重なお方です。これはきちんと最後まで責任を持ってお世話しなさいという神の思し召しです」

「そんな思し召しがあるか」

「今、啓示を受けました！　では、僕は先行して先に戻ります。ご令嬢のお部屋を整えなければなりませんし、今後、快適に生活できるよう様々な手配をしなければなりません。お任せください。このローレンス、未来の奥方さまのために全力で働かせていただきます」

「働くな」

潜めた声ながら、ビシッ、と叱りつける。

険しい表情と音のない雷光のような叱責にローレンスは反射的にビクリと震え、青ざめた。

だがすぐにいつも通りの表情を取り戻す。

初対面の者ならば恐怖のあまり失神してもおかしくないのだが、ローレンスとは幼い頃からの付き合いだ。口数少ないレックスの言葉から本音を悟ってくれる。

「申し訳ございません。僕の誤解でしたか……？　ですがレックスさまが女性に優しくするなど初めてです。ですからこちらのご令嬢がレックスさまの特別なお方なのかと……」

「彼女がうなされていたから、少しあやしてやっただけだ。これは……人助けだ。それ以外は何もない」

嘆息混じりに答える。

人助けをした程度ですぐ結婚だなどと盛り上がられては、フィオナも困るだろう。

（だがそうか。結婚か……）

一度も妻を娶る自分を想像したこともなかったが、フィオナとならば上手くいくような気がする。そう思って、レックスは慌てて心の中で首を左右に振った。

（まだ少ししか話していないのに、何を想像しているんだ⁉）

だが戸惑いは、表情には一切出ない。ローレンスは常の朗らかな笑顔を浮かべて頷いた。

「畏《かしこ》まりました。ですが人助けでなくなりましたら、いつでもお声がけください。全力でこのご令嬢をお迎えする準備をいたします」

「そういうのではない。……だが少し気になることはある。彼女のことをもっと調べてくれ」

ローレンスの頬がぱあぁぁっ、と輝く。言い方を間違えたと気づいたときには遅い。

「畏まりました！　調べられるだけ調べてまいります。しばしお待ちを！　ですが今はご令嬢を送り届けなければなりませんね。さあ、馬車まで参りましょう」

レックスは頷いてフィオナを抱き上げる。ローレンスがこちらに伸ばしかけた手を下ろし、くふふ、と奇妙な笑い方をした。

翌日のフィオナの目覚めは、とてもいいものだった。悪夢を見ることもなく、久しぶりにゆっくりと眠れた。

だがコーベッド男爵家は、夜間にもかかわらず大騒ぎだったという。

朝食の席でクラリッサは目をキラキラとさせていたが、男爵と使用人たちは強烈な疲労でげっそりとしていた。

そんな彼らたちの前で、クラリッサは身振り手振りを交じえ、詳細に昨夜のことを教えてくれた。

「本当にびっくりしたわ。我が家にレックスさまをお迎えすることになって、屋敷中大騒ぎだったのよ！　私も旦那さまもレックスさまを間近にしたのは初めてで、とても恐ろしくもあったけれど……あなたを自ら抱き運んでいる様子を見たら、それほどでもないのかもと思えたわ。慌てていた私たちの代わりにあなたをこのベッドまで運んでくださったし、お気遣いの言葉も頂いたのよ!?　一杯だけだけれど旦那さまと一緒にお茶をしてくださって！　これは末代まで言い伝えていくべき僥倖《ぎょうこう》よ。ねえ、旦那さまもそう思うでしょう!?」

「……私は何をお話ししたが、覚えていないくらいだよ……」

紅茶のカップを持ったまま、魂が抜けた表情で男爵は呟く。使用人たちの目も疲労でうつろになっていて、昨夜は緊張の極限だったことが容易くわかった。レックスのような高位貴族が自らやってくることなど、男爵家ではあり得ないことだ。

「ごめんなさい。次々と迷惑をかけてしまって……」

「あら、気にすることはないわ。ねえ、旦那さま」

「ああ、それは本当に気にしなくていい。君は僕の愛しい妻の大事な親友なんだから」

二人の優しさにフィオナは感謝の笑みを返す。

昨夜のことは、本当に偶然と幸運が重なった触れ合いだっただけだ。二度とレックスとあんなふうに会話することはない。もし再会したとしても、挨拶だけに留めなければ。家格は到底釣り合わない。しかもアビントン伯爵家は今、財政難を抱えている。面倒な女に近づかれたら、レックスも迷惑だろう。

ただ昨夜のような会話がもうできないのは、とても残念だった。

（……残念って何⁉　何を分不相応なことを思っているの⁉）

フィオナは慌てて内心で首を左右に激しく打ち振り、その想いを打ち消す。気を取り直して紅茶のカップを手にし、口に運んだ。

クラリッサがそんなフィオナを興味津々に見つめながら言う。

「――それで、レックスさまとはどういう間柄になられたの？」

ぶほっ、と口にした紅茶を噴いてしまいそうになる。フィオナはゆっくりとカップをソーサーに戻し、その間に気持ちを取り直して答えた。

「ただレックスさまが体調の悪くなった私を気遣ってくださっただけ」

「本当にそれだけ？」

「それだけよ！　変な誤解をしては駄目」

途端につまらなそうにクラリッサが唇を尖らせた。こんなところは男爵夫人になっても変わらない。そんな妻の様子を男爵は優しく温かい瞳で見ている。

「もうレックスさまとの接点はなくなってしまったのね」

「ええ、そうよ。……でも昨夜、失礼なことをしてしまったから……できればきちんとお詫びを申し上げたいと思ってはいるのだけれど……」

寝ぼけていたとはいえ暴漢かと思い、めちゃくちゃに叩きまくってしまったのだ。思い返せば礼もしっかりしていない。

とはいえ、彼の立場を考えれば、「お詫びに伺いたいです」「そうか、では明日にでも」という段取りにはならない。そもそも身分の違いから、容易く会える人ではないのだ。

「まずはハーディング公爵家にお伺いの手紙を書くべきだろう」

「そうね。それが一番妥当な方法だわ」

男爵の提案にクラリッサが頷く。朝食を終えたら、早速レックス宛ての手紙をしたためよう。

「あとで私が持っているレターセットをすべて見せてあげるわ。レックスさまへのお手紙に相応《ふさわ》しいものを選びましょう。もちろんインクもよ」

「何か……楽しげね？」

「楽しいわ。だってあなたが異性に興味を持つなんて初めてではなくて？　もしかして同性愛者なのかしらって心配になったことがあるくらいなのよ？」

そんな心配をされていたとは、初耳だ。フィオナは呆れてしまう。

「なんて心配をしているの。ただ……この人と思えるような男性に出会えていないだけよ」

「レックスさまはどうだったの？　この人と思えるような人だった？」

問われて改めてレックスの姿を思い浮かべる。

黒を主体とした盛装と寡黙な険しい表情に、恐怖にも似た威圧感を覚えた。だが話してみると、言葉の端々から不器用な気遣いを感じられた。

確かに噂通り社交的ではない。けれど対話で目を逸らすこともなく、こちらの話が終わるまで余計な言葉を挟まずきちんと聞いてくれている。社交場でよく交わされる、どうにも上っ面ばかりで意味もない美辞麗句を連ねる者とはほど遠く、とても好感が持てた。

（好感が持てたから何だというの！　まるで私がレックスさまのことを好き、みたいな……）

ぽぽぽっ、と淡く染まった頰を、フィオナは片手で押さえる。

昨夜、あんなに短い時間しか会話も交わしていないのに、好意がどうこうなどおかしい。

それに、とフィオナは目を伏せる。

（身分が違いすぎて、レックスさまを好きになったところでどうにかなるわけでもないわ）

レックスはいずれ、彼に相応しい家格と才を持った女性を妻とするだろう。そしてフィオナは叔父たちを退け、領地を一緒に守ってくれる男性を見つけて結婚する。

レックスとフィオナの接点は、昨夜の奇跡の時間のみだ。

（馬鹿な想像をしてしまったわ）

フィオナは微苦笑する。

「私とレックスさまでは身分が違いすぎて、結婚など恐れ多いわ。ご迷惑になるようなことを言っては駄目よ」

「あら、お相手に迷惑さえかけなければ、恋い慕うことは許されるわよね？」

そう返されてしまうと、反論できない。口ごもったフィオナに、クラリッサは微笑んだ。

「ごめんなさい、けしかけているわけではないの。安心して……あの下劣な男のせいで、あなた、少し男性恐怖症気味だったし……」

デイヴによって受けた心の傷は、だいぶ薄れているがまだ残っている。時折見る悪夢が証だ。だから似たような素振りをふいにされると、過剰なまでに反応してしまう。

気遣いや優しさを、悪意と捉えてしまうのだ。

「私の心が弱いだけよ……」

どう慰めればいいのかわからなかったようで、クラリッサと男爵が口ごもる。二人にこれ以上心配をかけないよう、フィオナは笑った。

「このお茶を飲み終わったら、レターセット選びを……」

直後、慌ただしい足音が近づいてきた。何事かと皆で出入口を見返すと、使用人頭が一通の手紙を手に駆け込んでくる。

「た、大変でございます……‼　い、今、ハーディング公爵家の使いの方がお見えになられて、こ、こちらの手紙をフィオナさまにと……返事を持ち帰るようご命令されているとのことで、い、今、応接室にておもてなししておりますが……‼」

昨夜から男爵家には決して来ない客人を迎え続けて、手紙を差し出す使用人頭の手はかすかに震えていた。フィオナも同じ気持ちだったが礼を言って手紙を受け取り、裏面を見る。

封蠟の家紋は間違いなくハーディング公爵家のもので、差出人はレックスだった。サインではなくフルネームが記されていることから、代筆による手紙だとわかる。

手紙をしたためることがままならないほど忙しいのだろう。そうまでしてフィオナに手紙を送るとは、何かあったのか。

（もう、お会いすることもないと思っていたのに……！）

まだ彼との接点があるのだろうか。期待しすぎは駄目だと窘めても、気持ちが昂《たかぶ》る。

一度深呼吸して心を落ち着かせてから手紙を開く。クラリッサたちが息を呑んで見守った。

内容は短く用件のみですぐに読み終わったが、理解できない。疑問符が頭の中を駆け回る。

クラリッサたちが視線でどんな内容なのかを問いかけてきた。フィオナは茫然とした口調で答える。

「私をお茶会に招待したいと……」

たっぷり数十秒の沈黙が流れる。そしてクラリッサが歓喜の声を上げた。

「素晴らしいわ！　お受けしますとお返事していいわよね？　お断りすること自体が問題だ

もの！」

「え、ええ……そうよね……そうするわ……」

あまりにも予想外のことが起こって頭が上手く回らず、ひとまず頷く。

クラリッサが意気揚々と使用人頭とともに応接間へと向かう。男爵も我に返り、使用人たちに使いの者への手土産やらフィオナの外出着の用意やらを命じ始めた。周囲が一気にてんやわんやの大騒動となる。

なんだか現実味がない。フィオナは思わず自分の頰を強く抓《つね》り、痛みに呻いた。

(夢ではないわ……‼)

またレックスに会える。不思議な喜びを覚えたが、すぐにフィオナは気を引き締めた。

(謝罪できる機会ができたのだもの。何かお詫びの品を用意して……)

指定された茶会は三日後だ。準備時間を与えてくれる気遣いが感じられる。

フィオナは使用人の一人に声をかけ、刺繡糸と布地、そして裁縫道具を用意して欲しいと頼んだ。

兄のエイドリアンから久しぶりにゆっくり話がしたいと対面の申し出があり、レックスは少々不思議に思いながら、もてなしの準備を使用人たちに頼んだ。側近としてほぼ毎日顔を合わせているのに、わざわざハーディング公爵家で話をしたいとは珍しい。

暗躍してもらいたいことがあったとしても、城で相談されるのが常だった。何かあったのかと少し心配になったが、兄に憂えた様子はなかった。単なる息抜きならばそれでいいのだが。

当日は、屋敷全体が妙に浮ついた空気に包まれていた。

エイドリアンのもてなしに気張っているようで、茶菓子も茶も豪勢だった。応接間の掃除も念入りにさせ、そこかしこに花が飾られる。壁の絵まで選別され直されていた。テーブルクロス、ソファーカバーやクッションも、繊細な花模様のものに変えられた。ずいぶんと女性的な雰囲気でまとめられている。急にどうしたのだろうと不思議に思うものの、実害はないので使用人たちの好きにさせておく。

エイドリアンは午後の茶の時間に合わせてやってくるとのことだったので、レックスは午前中は屋敷で書類仕事を片付けていた。

王都に繋がる街道にかかる老朽化した橋の建て直しが検討されており、その見積書の吟味を任されている。財源は国庫――国税からだ。不正な利益を得る者がいてはならない。気になる点は徹底的に調べるという気質もあり、じっくりと見積書を検分し、いくつかの再調査をローレンスに命じる。

そして仕事に一区切りついたところで、レックスは問いかけた。

「彼女の身辺調査はどうだ」

問われるのを待っていたとでも言わんばかりに顔を輝かせ、ローレンスは小脇に抱えていた書類を勢いよく差し出してきた。この二日ほどその書類を小脇に抱えていたが、それが調査報告書だったのか。

「どうぞ！」

「……ああ、ありがとう」

妙な圧を感じるがそれ以上は気にせず、報告書に目を通す。だが読み進めるにつれ強烈な不快感が生まれ、レックスは眉間に深い皺《しわ》を刻んだ。

フィオナが成人し家督を継ぐまでの臨時管財人であった叔父・チャールズが、賭博によって窮地に追い込まれて伯爵家の財産に手をつけ、そのほとんどを食い潰しているという。

幸い、貴石管理については国王から委託された権利なのでチャールズごときが好きに手をつけられるものではないが、それに対する国からの報奨金は、現在、すべて彼の手に渡っているとのことだった。加えて正統なる跡継ぎであるフィオナに渡さないどころか、伯爵家財産に無断で手をつけたとされないよう、彼女と自分の息子・デイヴを結婚させるつもりでいるらしい。

そしてフィオナは二ヶ月ほど前、急に自室から出ることができなくなってしまった。精神的な病ではないかと疑われ、見舞いに来た友人のもとで今は療養しているとなっている。

レックスはフィオナとのやり取りを思い出し、さらに眉間の皺を深くした。

(精神的な病などあり得ない。彼女の物言いも態度も、しっかりと自身の意思を持っていた)

彼女がうなされたときの様子を思い返せば、従兄のデイヴがフィオナを妻にしようと、実力行使に出たのだと容易く予想できる。レックスは彼女への労わりと、それを遥かに上回る強烈な怒りを覚えた。

『嫌……やめ、て……触らないで……』――フィオナの心と身体に消えない傷を刻み込んだのは、このデイヴという男か。レックスはぐしゃりと報告書を握り締めた。

「……クズが……」

知らぬうちに低く呟いている。ローレンスが驚きの目を向けた。

一度も会ったことのない男にこれほど明確な殺意を抱くなど初めてだ。

フィオナがデイヴに襲われたそのときに時間が巻き戻ればいい。そうすればこの手で彼女を守り、デイヴとかいう男を殺してやるのに。

(いや、殺すには早いか……。他にも彼女に何かしていたかもしれない。全部洗いざらい調べ尽くし相応の罰を与えて――それからだ)

ローレンスがかすかに震えながら問いかけてきた。

「あ、あの、何か不手際がございましたか……？」

「大丈夫だ。このまま調査を続けてくれ。こいつらが彼女に何をしてきたのか、もっと詳細な情報が欲しい。特にデイヴの動向をよく見張らせろ。おかしな動きが見られたら、すぐ俺に報告だ。これを最優先事項とする」

「は、はい、お任せくださいませ！」

今度は満面の笑みを浮かべてローレンスが返事をする。何がそれほど楽しいのかがわからずレックスは改めて眉を寄せたが、すぐにローレンスは壁時計を見やって慌てた。

「もうこんな時間！　レックスさま、お迎えの支度をいたしましょう。まずは湯浴みです」

エイドリアンを迎えるのにわざわざそんなことをしたことはない。

一体どうしたのかと問いかけの言葉を選んでいる間にローレンスに背を押され、浴室に促される。使用人たちが待ち構えているのも不思議だった。

「では皆さん、よろしくお願いします」

「畏まりました。一番素敵なレックスさまをご用意いたします」

彼らのやり取りに大きな疑問を抱きつつも、皆、とても楽しそうだ。ならば大きな問題ではないのだろうと、すべて彼らに任せる。

——そして来訪者を知らされて理解した。エイドリアンとローレンス、そして屋敷の使用人たちすべてが手を組んでいたことを。

この茶会のために、コーベット男爵は新しいドレスを用意してくれた。既製品ではあったが、白地に爽やかな青のストライプが細かく入った生地で仕立てられたものだ。流行を意識しながらも露出がないデザインで、立て襟の先に細かいフリルが付いていて、少し可愛らしい。

フィオナの好みだ。揃いの手袋、靴、帽子、鞄まで用意してくれた。

フィオナはその鞄にお詫びの品をそっと忍ばせた。貧相な品ではあるが、気持ちが伝わればいいと願いを込める。

迎えに来てくれたハーディング公爵家の馬車で、レックスのもとへと向かう。次第に緊張してきたが、豪華な公爵邸の様子をみとめるなり驚きすぎて消えてしまった。

門から先は紅葉した木々に囲まれ、ここからでは屋敷を見ることもできない。落ち葉が馬車道を覆い、まるで黄金の道を走るかのようだ。だが数分経つと木々がなくなり、一気に視界が開ける。

五階建ての建物が三棟あり、翼を広げたように配置され、各階の渡り廊下で繋がっている。前庭の中心には大きな噴水があり、水路まであった。

庭はよく手入れされていて、盛りを迎えたチョコレートコスモスが秋風に揺れている。それを囲むようにオレンジや黄金色の草木が植えられていて、明るいセピア色の風景が作られていた。差し色にプリムラの紫もよく利いている。

窓から見える景色に感嘆しているうちに、大玄関の前で馬車が停まった。

お仕着せ姿の使用人たちが数十人、ずらりと並んで頭を垂れている。かなり高位の賓客を迎える様子に気後れしてしまい、フィオナは御者がドアを開けてくれてもすぐに動くことができなかった。

躊躇《ためら》っていると、開け放たれた大玄関から大きな歩幅で軽快な靴音を響かせながらレックスが姿を見せた。脇目も振らず真っ直ぐに馬車までやってくる。

「――フィオナ嬢」

呼びかけられてハッとしたときには、レックスの上半身が馬車の中に入っていた。深みのある藍色を主体とした外出着が見惚れるほどよく似合っていて、思わず息を詰めてしまう。

フィオナを見返す表情は険しく、眉間に深い皺も刻まれていた。立場と身分をわきまえて茶会の誘いを断るべきだったのだろうかと、後悔してしまいそうになる。

「すまない、迷惑な誘いになっていなかったか。これは兄上の悪戯《いたずら》で……」

よくわからず、戸惑って沈黙する。レックスが嘆息した。

「……このまま帰ってくれていい。兄上には上手く言っておく」

（え……ど、どうしてそうなるの⁉）

控えていた御者にフィオナを送るよう言いつけながら、レックスが離れていく。フィオナは思わずその袖を摘まんで引き留めていた。

一瞬、レックスが身を震わせた。何をしたのか気づき、フィオナは慌てて手を離す。その手を、レックスが捕らえた。指を絡めるように握り込まれ、ドキリ、と鼓動が跳ねる。レックスは鼻先が触れそうなほど頰を寄せてくる。近い。反射的に上体を引こうとして思い留まり、フィオナは勇気を奮い起こして彼の瞳を見返した。

（綺麗な目だわ……）

透き通ったアクアマリン色の瞳は澄んでいて、吸い込まれそうなほどだ。遠目だとわからないレックスの魅力の一つを見つけられたような気がして、何だか嬉しくなる。

レックスが軽く目を細めた。

「……なぜ、俺を引き留める……ここに来るのは君の本意ではなかったのだろう……？」

どうしてそう思われたのかわからなかったが、誤解を解きたくてフィオナは勢いよく言う。

「そんなこと……！　きちんと先日のお詫びとお礼をしたいと思っていました。ですからこうしてお会いできて嬉しいのです。お渡ししたいものもあります。ほんの数分だけで構いません。少しだけお時間を頂けないでしょうか」

事情はよくわからないが、レックス自身が用意した茶会ではないようだ。名残惜しいが用件だけ済ませたらさっさと帰ろう。

しかしレックスは、なぜか瞳をわずかに曇らせた。

「……少し、だけでいいのか。今日は、君との茶会の予定しか入れていない」

「……お話しする時間も頂けるのですか……？）

うむ、と重々しくレックスが頷く。

フィオナは思わず笑みを零し、礼を言った。レックスの瞳から陰りはなくなっていた。レックスが利き手を差し出してくる。当然のようにエスコートしてくれるのを見て、険しい表情からは想像しづらい優しさが感じられた。

とはいえ、緊張は完全には消えていなかったようだ。馬車から降りる際に、足元が少々ぐらつく。すぐにレックスの片腕が腰に絡み、支えてくれた。

「あ、ありがとうございま……きゃ……っ」

そのままひょいっと軽く持ち上げられて、地面に下ろされる。フィオナの重さをまったく感じていない様子だ。それどころか心配されてしまう。

「君は小動物並みに軽い。きちんと三食、食べているのか？」

やはり優しい人だ。厳しい表情のせいで周囲に誤解されてしまっているのだろう。笑ったらきっと素敵だ。それを見てみたいなどと思いながら微笑んで頷く。

「お気遣い、ありがとうございます。ちゃんと食べています。今日は慣れていない靴だったので、申し訳ありませんでした」

「いつもは違う靴なのか？」

「このお茶会用に、コーベッド男爵夫妻が新しいドレスを用意してくれたのです。領地では実用性と耐久性重視の革のブーツが基本で……」

これはレックスとの会話に相応しい話題ではないだろうと気づき、フィオナは曖昧に笑って語尾を濁す。レックスは真剣な顔で話を聞いていたが、ふと言った。

「君にもう少し触れてもいいか」

エスコート程度の要求だろうと勝手に思ってフィオナが頷くと、突然抱き上げられた。驚いて反射的に小さな悲鳴を上げ、レックスの首にしがみついてしまう。

レックスは一瞬身体を強張らせたが、歩き出しながら真面目な顔で続けた。

「履き慣れていない靴なのだろう？　俺がこのまま運ぶ」

「いえ、一人で歩けます……‼」

だがレックスは聞かず、使用人たちも止めない。結局そのまま応接室まで抱き運ばれてしまった。

扉を開いて待っていた人好きのする笑顔を浮かべた青年が、目を丸くしながらも挨拶する。

「初めまして、フィオナ嬢。レックスさまの側近、ローレンスと申します」

「は、初めまして……あの、レックスさま！　もう下ろしてくださいませ！」

「ここまで来たのならばソファまで運ぶ。今日は履き慣れていない靴らしい」

「そうだったのですか。ならばレックスさまがソファまでお連れするのが一番安全ですね」

うむ、と神妙に頷いて、レックスはソファに向かってしまう。ローレンスへの初挨拶が彼

の腕の中でというのも失礼だと思うのだが、二人ともまったく気にしていない。おかしいと思うのは、自分だけなのだろうか。

　長方形のテーブルを囲んでソファが置かれ、レックスはフィオナを下ろしたあと、隣に座った。身じろぎすると腕が触れ合ってしまう距離感だ。こんなに近くにいていいのだろうか。テーブル上にはところ狭しと皿が並べられ、チョコレート、クッキー、プチケーキ、キャンディー、マシュマロ、マカロンなど、様々な種類の菓子が用意されていた。とてもフィオナとレックスが食べきれる量ではない。

　特にテーブルの中央に置かれているタルトは一ホール分だ。一口大にカットされた林檎と栗の甘煮がたくさん載っている。この組み合わせのタルトは一番の好物のため、自然と注視してしまう。しかもとても美味しそうなのだ。

「フィオナさまはこの組み合わせのタルトが一番お好きだということでしたので、料理長が腕によりをかけて作りました。料理長曰《いわ》く、タルト生地に塗られているカスタードクリームも絶品だと言ってもらえると思います、とのことです」

（い、いつの間に私の好みを調べたの……？）

　唖然としている間にローレンスが素早く一切れを取り分け、フィオナに差し出してくれる。礼を言って受け取るが、レックスよりも先に手をつけてもいいのだろうか。

　ちらりと見やれば、レックスは無言のまま軽く頷いた。相変わらず表情は険しいままだが。

「いただきます」

ここで変に遠慮するのもかえって気まずい空気を作ってしまうだろう。フィオナは気持ちを切り替え、フォークで切り分けた分を早速口にした。……少し、大口になってしまったかもしれない。

（これは……とっても美味しい……っ‼）

林檎の瑞々しさと栗の甘さを際立たせる滑らかで癖のない、けれど卵のコクをしっかりと感じられるカスタードクリーム、タルト生地の香ばしさとざくざくとした食感が口の中で見事に調和している。絶品だ。

一口食べ終えたあと、フィオナは感激の歓声を上げた。

「とっても美味しいです……‼　今まで食べたタルトの中で、一番美味しいです！」

レックスが軽く目を瞠った。淑女らしからぬ反応だったかもと、急に恥ずかしくなる。

「も、申し訳ございません。あの、あまりにも感激してしまって……」

無言のままで、レックスが自分の取り皿にいくつか菓子を乗せた。結構な種類を取ると、それをフィオナに差し出す。

「これも食べるといい」

「……あ、ありがとうございます……あ、このクッキーも美味しいです……！」

てっきり叱責されるかと思ったが、言われるままに菓子を食べ、美味しさを伝える。レックスはそのたびにそうかと頷き、すぐさま別の菓子を勧めてくる。何だか餌付けされているペットのような気になるが、悪い気はしない。

しばらくするとローレンスが立ち上がった。

「では僕は一度、失礼します。何かありましたらお呼びください」

えっ、とフィオナは驚きの目を向ける。ローレンスがいなくなったらレックスと二人きりだ。いいのだろうか。

だがレックスは鷹揚に頷いて、ローレンスの退室を許してしまう。フィオナはひとまずレックスから差し出されたふた切れ目のタルトの皿を受け取り、もぐもぐと食べる。

(ああ、とても美味しいわ。はしたないけれど、一ホール食べきってしまいそう……)

ふと、頬にじーっ、と強い視線を感じて我に返る。見ればレックスが菓子を幸せそうに食べるフィオナを凝視していた。

強い視線に一瞬悲鳴を上げそうになるが、食べることに夢中になってレックスをないがしろにしていたことに気づく。

いくら何でも失礼すぎたと慌てて謝罪しようとしたが、彼はこちらを見つめながら時折ティーカップを口に運ぶだけで、不快に感じてはいないようだった。

(怒って……いらっしゃらない？)

「どうかしたか」

「い、いえ、あまりにも美味しいお菓子ばかりなので、食べることに夢中になってしまいました。レックスさまを蔑ろにしてしまって申し訳ありません……」

「美味《うま》いものを食べているときは口が塞がっている。謝る必要はない」

突き放した物言いだが、やはり怒っている感じではなかった。フィオナを見つめるアクアマリン色の瞳は屋敷に迎え入れてくれたときと変わらず――いや、ほんのわずか、柔らかくなっているようにも見えた。

「それに美味そうに食べている者を見ているのは、悪くない」

食べている様子を鑑賞されていたのか。それはそれで恥ずかしい。

次の一口が照れくさくなり、フィオナはそっと皿を置いた。

「もう食べないのか。他のものは口に合わなかったか」

「そ、そうではありません。見られていると思うと……そ、の……恥ずかしい、です」

フィオナの言葉にレックスは軽く目を瞠ったあと、なぜかいけないものを見たかのように視線を逸らした。

失礼な態度だったかと反省したフィオナだったが、視界に入ったバッグを見て思い出す。そうだ。目的はここで菓子を食べることではない。

中から薄紙とリボンでラッピングしたものを取り出すと、レックスに差し出した。

「先日、失礼なことをしてしまったお詫びです」

「詫びなど欲しいとは言っていなかったが」

「はい。ですからこれは、私の自己満足です。受け取っていただけたら昨夜のことにきちんと気持ちの区切りをつけられるような気がするので、よろしければもらってください」

「……自己満足、だと……」

レックスがフィオナの言葉を繰り返し、直後、息だけでかすかに笑った。見間違いかと思うくらいかすかなもので、次の瞬間にはこれまで通りの険しい表情に戻っている。

「自己満足だからと言われて渡される贈り物は初めてだ。もらおう」

何かレックスの心に響いたようだが、よくわからない。とりあえず受け取ってもらえたことでホッとする。

薄紙で包まれていたのは清潔な白いハンカチだ。だが周囲に繊細なかがり刺繍を、一つの角にだけ小麦を咥《くわ》えた雀を刺繍してある。フィオナの領地に伝わる幸運のモチーフだ。

「私の領地に伝わる幸運のモチーフが、小麦を咥えた雀なんです」

「……待て。これは君が刺繍したのか？」

「はい。休農時期には女性たちが手仕事をします。私が得意なのは刺繍で……」

「職人並みの腕だ」

素直に感心され、フィオナは新たな照れ臭さに頬を染める。

「ありがとうございます。職人技があれば、何かあったときに働くことができるので……」

「どういうことだ。君がわざわざ手仕事をする必要はないだろう」

貴石採掘の管理を任されているとはいえ、採り続けていれば資源はいずれなくなる。管理職は永遠ではない。

アビントン領は自然豊かで国の食料庫の一つを担っているが、収穫はどうしても天候に大きく左右される。異常気象などで見込んだ収穫がなかったら、領民の収入が減る。

だからフィオナは万が一のときのことを考え、新たに別の名産を作れないかと考えていた。爵位を次いで落ち着いたら、このモチーフを土産物に使うことを自分の代から始めようと準備していたのだ。

レックスは時折頷きながらも最後まで真剣に話を聞いてくれた。

「名産作りという着眼点はなかなかいい。これは素朴でいいが……地味でもあるな」

「はい。ですが流行りすたりに依存することは、長期的に見ると得策ではないと思います。このモチーフを流行の色合いにしたり、取り入れる服飾小物を変えたりするのはどうかと」

「領地経営の基盤をもう一つ作るつもりか。長期的展望としていい案だ。休農時期でも収入を得られるだけでなく、農作業ができない不自由な身体の者でも手先が動けば仕事ができる」

レックスは刺繍した部分を大切そうに指先で撫でながら続ける。フィオナの話を一切馬鹿にすることなく、一意見として真正面から受け止めてくれていた。それが嬉しい。

「ありがとうございます！　軌道に乗せるにはまだまだ検討が必要だと思いますが」

「取りかかりはいいだろう。だが、専門的な知識がもう少し必要だ。……そうだな。俺の知り合いに誰か適した者がいないかローレンスに話しておこう」

「よろしいのですか⁉」

思ってもみなかった提案に、フィオナは歓喜の声を上げる。レックスが重々しく頷いたあと、ふ、と目を細めた。

「君は貴石が採り尽くされたあとのことを考え、領地を観光地化することを狙っているな？」

「私の代で成せることだとは思っていません。私の代で貴石が掘り尽くされる算出も出ていませんが、恩恵がなくなってから動くのでは遅すぎるかと……」

「冷静な判断だ。好ましい」

世間話のついでのように紡がれた褒め言葉に、フィオナは大きく目を瞠る。レックスでも誰かを褒めることがあるのか。

まじまじと見返したまま息を詰めていると、レックスが不思議そうな顔をした。どこか戸惑いすら感じる表情を見て、フィオナは過剰な受け取り方をしてしまったことに苦笑する。

（特別な意味などなく、ただそう思ったから口になさった。仕事に関わること以外では多くを語らない方のようだけれど……代わりに口にした言葉はほとんどが本心なのだわ）

ふと、レックスが何かに気づいたかのように目を瞠った。ハンカチを丁寧に畳み直しながら目を伏せて言う。

「……領地経営の話など、女性にはつまらない話だったな」

「いいえ、大変勉強になります。私は両親を早くに亡くしましたので、自分が領民のためにしていることが正しいことなのかどうか、判じてくれる者がほとんどいません。立場上、私に強く言えないこともあるでしょう。ですが今、レックスさまにそう言っていただけて安心しました。まだ成果は見えませんが、このやり方をまずはやってみても構わないのだと……」

淀みなく紡いでいた言葉が、次第に揺らいだ。

今、フィオナは叔父たちの奸計《かんけい》に嵌《はま》り、デイヴとの結婚の強要を覆す手段を探しているところだ。

だが、見通しは芳しくない。次に領地に戻るときは叔父たちと全面対決になるが、フィオナは武器を——デイヴを退け領地経営を正常に整えてくれる夫となる者を、まだ見つけられていないのだ。時ばかりが無為に過ぎてしまっている。

（私は何も、できていない……）

黙り込んでしまったフィオナを、レックスは無言で見返している。強く揺るがない視線に元からの険しい表情も相まって息を詰めてしまいそうになるが、瞳にはどこか優しさが感じられた。

フィオナは詰めていた息をゆっくりと吐き出した。

「……失礼いたしました……。少し、思い煩《わずら》うことがあったもので」

「君の叔父たちのことか」

ドキリ、と心臓が高鳴る。なぜそれを、とフィオナは驚きに瞠った目をレックスに向けた。

レックスは畳み終えたハンカチを自分の隣に置いた。所狭しと皿が置かれているテーブルではなく自分のすぐ傍に置く様子に、ハンカチが大切にされているような気になる。

「レックスさまはどの程度のことをご存じなのでしょうか……」

叔父たちは貴石管理にはまだ手を出していなかったが、その可能性ありと判じられたら大事になることは間違いない。下手をすれば爵位と領地の返上という罰を下されることもある。

「今は可能性についての罪悪を問うつもりはない。だが、君が助力を求めていることに関わる程度の事柄は、調べさせてもらった」

自分の息子と結婚させることで事実上アビントン伯爵家を乗っ取り、財産管理をチャールズが一手に引き受けるつもりのようであること――それにより、伯爵家財産の八割がたを食いつぶしている事実を隠蔽しようとしていることを、レックスは厳しい声音で口にした。

叔父たちの悪事は、彼の気質からして決して許されないことなのだろう。

「……お恥ずかしい限りです……。嫡女として私が甘く、至りませんでした」

もう取り繕っても仕方がない。フィオナは潔く己の未熟さを詫びる。

レックスがわずかに目を見開いたあと、ふ、と口端にかすかな笑みを見せた。

「君の叔父たちは君が気鬱の病だと知らしめているらしいが……それも嘘だとわかっている」

ああ、とフィオナは泣きそうになった。わかってくれる人が、ここにもいてくれた。

アビントン領を出るとき、領民はフィオナのことをとても心配してくれた。早く元気になって戻ってきてくれと皆が励まして、送り出してくれた。

彼らに違うのだと言いたかった。だが叔父と戦う術《すべ》がない以上、彼らが痛めつけられる可能性は捨てきれないから何も言えなかった。

（このまま、夫となる人が見つからなければ……）

叔父はデイヴとの婚儀に向けて様々な準備を着々と整えているだろう。その準備が整えば、今度はフィオナを強引に領地に連れ戻してデイヴの妻にするはずだ。時間はそう多くない。間に合わせることができるだろうか。不安になって、かすかに身震いする。

一瞬の後、フィオナの右肩に温かく力強いものが触れた。何、と怯えながら見やれば、レックスがフィオナの肩を優しく包み込むように摑んでいる。

大きな掌からぬくもりが全身に染み渡っていく。震えが収まり、フィオナは息を吐いた。

「大丈夫か」

顔を覗《のぞ》き込みながらレックスが問いかける。険しい表情が先ほどより強くなっているのは、フィオナを心配してのようだ。相反して瞳はもっと優しくなっているからそうだとわかる。

「大丈夫です。心配していただいて……ありがとうございます」

「辛いことを思い出させてしまって、すまない」

躊躇いなく謝罪されて気づいた。レックスは、デイヴに襲われたことも知っているのだ。

(嫌……‼)

それは知られたくなかった。何よりもデイヴに純潔を奪われたと誤解されたくなかった。

肩に触れていた手が、腕をなぞりながらゆっくりと下りる。優しい温もりが移動していくと、ぞくり、と背筋に震えが生まれた。

デイヴに触れられたときのような嫌悪感はない。安心できて——少しドキドキする。

「あのっ、レックスさま。私は……！」

「無理に話すな。……君が受けた心の傷は一生癒えないものだ。俺は察しがいい方ではないが、それでも君が辛く苦しい思いを抱いていることは、想像できる。その傷が少しでも癒されるよう、俺ができることはしてやりたいと思うんだ」

決して強引ではなく、励ますように強く両手を握られる。さらに胸を高鳴らせてしまいながらも、フィオナは慌てて言った。

「ご、誤解があるかと……！」

レックスが無言で見返してくる。想像以上の至近距離に彼の瞳があり、そこに自分の姿が映っていることに驚いてしまった。あと少し顔を近づけたら、くちづけも可能な近さだ。

「……誤解とはなんだ」

フィオナはぎゅっ、と目を強く閉じ、勢いよく答えた。

「私……お、乙女のまま、です‼」

「……乙女……の、まま……だと……？」

誤解は解けただろうかと目を開ければ、さらに距離を縮められていた。互いの呼気が感じ取れるほどの近さと目力の強さに驚き、不必要に言い連ねてしまう。

「お、押し倒されはしたのですが、とにかく力の限り抵抗しましたので未遂です！　ワンピースの胸元が引きちぎられたりボタンがどこかに飛んでしまったりして台無しになったのですけれど、それ以上は許しませんでしたし……っ」

「……ワンピースが台無しになった、だと……⁉」

地獄の底から這い上がってくるような低い声でレックスは反芻《はんすう》する。

さすがにこれには震え上がり、反射的に繋いだ手を離そうとした。それを許さんと、レックスが指を絡め合うようにして深く握ってくる。加えてさらに顔を寄せられ、鼻先が軽く触れ合った。

……だが甘い雰囲気からはほど遠い。

「詳しく話せ。されたことを詳細にだ。君の心に負担をかけることはわかっている。しかし、どうしても知っておきたい。休み休みで構わない。俺は明日の朝まで空いている。じっくり君に付き合おう。あの男が君に何をしたのかを、俺は知っておかなければならない……！」

（そ、それはどういう目的で……⁉）

急に詰問口調で言われ、フィオナは青ざめた。このレックスの鋭い瞳以上に恐ろしいものはないように思え、気づけば問われることに躊躇いながらも答えている。

話している間、レックスはフィオナの手を握ったままだった。それどころか腕の中に引き寄せ、温もりを分け与えるように寄り添ってくれる。

（私……意外に落ち着いているし、震えもないわ……）

デイヴにされたことを詳細に話せば辛くなるばかりだと思ったのに、普通に話せている。

レックスのおかげか。

「……辛いことを話させてしまってすまなかった。君の従兄は許しがたい男だ……」

主犯が叔父ではなくデイヴになっている口ぶりなのが少し気にかかる。見返すとレックスは握る手にさらに力を込め、厳しい瞳で続けた。

「君には悪いが、その二人は裁かれなければならない。とても重い罪だ」

「罪を犯したならば償うのは当然です。ですが領民に罪はありません。いえ、叔父に協力した者は同じく罰せられるべきではありますが……それはごく一部の者だと思います」

「心配は無用だ。爵位返上や領地没収などをしても、民を導く者がいなければ治安は守られない。事の次第を明らかにし、正統なる後継者である君が、代々受け継がれた地を守っていけばいい。俺自身はすぐには動けないが、部下はすでにアビントン領に何人か送り込んでいる。ほどなくそいつらを断罪するだけの報告が挙がってくるはずだ。少し待っていてくれ」

フィオナは心の底から安堵の息を吐いた。

これで領民が叔父たちに何かされるのを防ぐことができる。急いで夫になってくれる人を探して領地に戻らなくてもいい。時間的余裕が、心の余裕を少し作ってくれる。

（……待って。どうしてレックスさまが自ら解決のために動いていらっしゃるの⁉）

「わ、私、まだ何もお願いしていません‼　どうして……⁉」

「君と初めて会ったあの夜にしたが」

ますます混乱してしまう。

助力を願ったのは夢の中、誰とも知らぬ青年にだ。決してレックスではない――そう思った直後、フィオナはハッとした。

あれは夢と現実が入り混じっていたのか。無意識にとんでもない要求をしていたのか。

「あれは夢だとばかり……申し訳ございません！　忘れてくださ……」

「今から願いを取り消すことは難しい。俺は動き始めてしまったし、君を陥れる輩《やから》は俺が一番嫌いな者だ」

フィオナは声にならない悲鳴を上げてしまう。

とんでもない人にとんでもなく大それたお願いをしてしまった。たかが地方領地の悪事に関わる時間など、レックスにはないだろうに。恐れ多くてフィオナは青ざめる。

「わ、私……とんでもないことを……！」

「目の前に使えるものがあるのならば、使え」

あっさりとレックスが言う。とても頼もしい言葉だが、彼の立場が気になってしまう。

「レックスさまが味方についてくださったら、向かうところ敵なしと思えます。ですが、ご迷惑にはなります……」

「ならない。俺がしたいと思ったことだ」

即答だった。なぜなのかを問おうと視線を上げて、フィオナは息を呑む。

アクアマリン色の瞳が、じっとこちらを見つめていた。吸い込まれそうな美しい色合いに見惚れてしまう。

（ああ、間近で見なければわからない美しさだわ……）

手は繋がれたままだ。彼の瞳の奥に、かすかな熱情が見えたような気がした。

「……どうして、ですか……？」

きゅっ、とレックスがフィオナの手を握り直し、頬を寄せてきた。

くちづけられると察しても、身体は動かない。そうされてもいいと、思った。

直後、レックスがぴたりと止まった。目が眇《すが》められ、それまで感じられていた甘い熱っぽさが瞬時に消失し、代わりにひどく剣呑なものに変わる。

レックスの利き手が離れ、テーブルの上をそっと滑った。銀のフォークを取るとフィオナの肩を抱き寄せながら肩越しに――背後の窓に向かって鋭く投擲《とうてき》する。

カッ、と高い音が響き、窓ガラスに放射状のヒビが入った。直後、「ひえっ!!」と奇妙な悲鳴がガラス越しに聞こえ、それがローレンスのものだと気づく。

「……な、何……っ!?」

フィオナを離すとレックスが無言で立ち上がり、窓に向かった。一言も発さず、両開きのそれを勢いよく開ける。フィオナはただレックスを見守ることしかできない。

ひどく気まずそうな笑顔を浮かべ、ローレンスが顔を見せた。先ほど応接間を出ていったはずだが、どうやら外から室内の様子を窺っていたらしい。

なぜそんなことをと不思議に思った直後、先ほどまでレックスと手を繋いで、あまつさえもう少しでくちづけられそうになっていたのを見られていたと気づく。

（わ、私の勝手な妄想かもしれないけれど……!!）

「も、申し訳ございません、レックスさま!!　ですがその……」

「――ごめんよ、レックス。どうしても気になってしまって僕が無理を言ったんだ」

続いてローレンスの脇から姿を見せたのは、金髪碧眼の整った容姿と華やかな雰囲気を持つ青年だった。レックスより少し年上で、ずいぶん親しげに砕けた口調で話しかけてくる。

「話は中で聞く」

鋭い声にローレンスが震え上がり、青年と一緒に応接間にやってきた。そして青年はレックスの隣に歩み寄る。

「ローレンスは怒らないでやって。僕に協力してくれただけだから」

レックスとその青年が並んで立つと、光と影のような一対の存在に見え、とても眼福だ。

フィオナは見惚れてしまったが、金髪の青年に優しく微笑みかけられて我に返る。

(いえ、待って……待ってちょうだい、この御方は……っ)

「こ……国王陛下……っ⁉」

無作法な驚きの声を改めることすらできない。そのまま絶句したフィオナに、金髪の青年――国王・エイドリアンは気さくに片手を振ってくれる。

このまま気絶してしまいたいと思うがそれもできず、フィオナは青ざめながら慌ててエイドリアンの前まで行き、腰を落とす礼をした。

「ご挨拶が遅くなりまして大変申し訳ございません‼　フィオナ・アビントンと申します！」

「邪魔してごめんね。このお茶会を用意したのは僕なんだよ。どう？　楽しんでる？　可愛い弟のためにローレンスと一緒に頑張ったんだ。まあ僕がしたことは、レックスに今日の午後の予定を入れないよう画策することだけだったんだけど」
「いえ、陛下！　大変重要な画策です。私ではとてもその調整はできません。時間があれば
レックスさまはすぐに仕事を入れてしまいますから……！」
「ふふ、僕はレックスのたった一人の兄だからね。僕でなければできないよね」
「はい！　さすが陛下です！」
ローレンスが満面の笑みでエイドリアンを賞賛する。二人のやり取りにどう反応すればい
いのかわからず、フィオナは茫然とするだけだ。
レックスがフィオナの肩を軽く叩く。まるで気にするな、と言われているようだ。
（気にします‼　不敬この上ない態度を……）
ちらりとレックスを見やると、彼は無言で小さく頷いた。心の中で荒れ狂っていた驚愕と
恐れがゆっくりと引いていく。
こんなに早く落ち着きを取り戻せたのは彼のおかげだろう。フィオナは感謝の笑みを返す。
レックスが目元をほんの少し緩めた直後、今度はぎろり、とエイドリアンとローレンスを
睨んだ。
無実のフィオナですら震え上がる眼光だったが、エイドリアンはにっこり笑いかけると弟
の眉間に人差し指を突き入れた。
「怖い顔になっているよ。それだから不必要に怖がられてしまう。笑って笑って！」

ビシビシビシ、とエイドリアンはレックスの眉間を連続で突く。結構な強さらしく、時折レックスの身体が揺れるほどだ。

笑いながら喧嘩をしているようにも見え、少々心配になってしまう。だがレックスは険しい表情ながらも特に抵抗はしない。雲の上の者たちと思っていたが、こうして見ると市井の兄弟と変わらなかった。

「素直にお礼を言ってよ。フィオナ嬢と会えて、お前だって嬉しかったよね？」

「それはそうだが……」

渋い表情で頷くレックスの言葉に、フィオナの鼓動が跳ねた。

（落ち着きなさい、私！　立場をわきまえること！）

「――それで。あなたの方はどうかな、フィオナ嬢？」

エイドリアンが笑いながらフィオナの目の前に歩み寄り、瞳を覗き込んできた。

「……は……っ⁉　あの、ど、どう、とは……」

「もちろん、僕の弟のことをどう思っているかだよ。僕の弟はちょっと不愛想でしかめっ面ばかりしてる無骨な男だけれど、容姿も良く僕の右腕としての実績もあり、公爵家当主として財産も身分も申し分ない。君を一生困らせることはないよ」

これではまるで、レックスの妻にと勧誘されているようだ。

（レックスさまと家格が釣り合わないこともそうだけれど、私はアビントン伯爵家の嫡女。

夫となる人を迎えなければならないのだから……）

だから、レックスと結ばれる未来はあり得ない。

だがそれをこれほど期待に満ちた瞳のエイドリアンに伝えてもいいのだろうか。そもそもまだ出会って数日の相手にレックスが恋情を抱くとは思えない。

（……じゃあ、私は……？）

自問にフィオナは内心で慌てて首を左右に振る。考えてはいけない。気づいてはいけない。

「――彼女が困るような質問は控えるべきだ」

エイドリアンの背後に瞬時に迫ったレックスが、低い声で叱責した。国王の肩越しに見えた瞳が底光りしていて、フィオナは声にならない悲鳴を上げそうになる。

ひどく残念そうにエイドリアンは嘆息し、肩を竦めた。

「……そんなに奥手でどうするんだい。フィオナ嬢はとても美しいご令嬢だ。のんびりしている間に誰かに取られてしまっても、僕は知らないからね？」

「……」

レックスの剣呑さがさらに強くなる。ローレンスがさりげなく間に割って入った。

「陛下、それ以上は逆効果かと……！」

「おっと、やりすぎてしまったかな。それにそろそろ王城に戻らなければならないか。……実はこっそり抜け出してきたんだよ」

状況を知って、フィオナは卒倒しそうになる。素早くレックスが背中と腰を支えてくれた。

「お忍びは構わないが、護衛を付けているのだろうな、兄上？」

（構ってください、レックスさま‼　陛下のお忍びなんて、容易く行われてはいけませんん‼）

もちろん心の叫びを口にはできない。エイドリアンは明るく笑って答えた。

「前にお前に一晩たっぷり怒られたことを忘れていないからね！　二人も護衛を連れてきた。別室で待たせているけれど」

「足りん。せめて五人は用意すべきだ」

「それじゃ、お忍びにならないよ……」

レックスは無言で冷ややかな視線のみを送る。さすがのエイドリアンもからかいすぎたと反省したのか、しょんぼりと肩を落とした。レックスは軽く嘆息して続けた。

「兄上の身に何かあってからでは遅い。俺は兄上がひどい目に遭うのは絶対に避けたい」

「レックス……！」

エイドリアンが感激に打ち震えて抱きつこうとし、再び冷徹な視線を食らって踏み留まった。エイドリアンは軽く咳払いをして、場を取り直す。

「えーっと……うん。フィオナ嬢の事情については理解したよ。これは早急に対応すべき案件だ。僕はお前が動くことに異論はないよ」

何だかよくわからないうちに、レックスがアビントン領について動くことを許可してもらえる。まだ困惑しているが、非常に心強い協力者を得たことは間違いない。

フィオナは泣きそうになるのを堪え、改めて深く腰を落とし、一礼した。

「お力添えいただけること、大変感謝いたします……‼　私もすぐ領地に戻り、レックスさまの部下の方々と合流して……」

「駄目だ」

即座に険しい表情のレックスに止められる。彼は腕を組んで続けた。

「君の叔父たちの目的は伯爵家財産の横領だ。まだ手を出されていない貴石の管理報酬を完全に自分のものにするために君と自分の息子との婚姻を目論んでいるが、現状でそれは失敗している。このままでは上手くいかないと判断したら、君を殺害して爵位を受け継ごうとするかもしれない。身の安全のためにも、まだ戻らない方がいい」

あの叔父たちにそこまで非道なことができる胆力があるだろうか。

だがエイドリアンたちも神妙な顔をしている。甘いのは自分だけで、彼らもレックスと同意見なのだ。

「わかりました。では、クラリッサのところに……」

「いえ、僕はそれもどうかと思います‼」

凄まじい勢いで挙手しつつ、ローレンスが叫んだ。フィオナはレックスとともに息を呑む。

「コーベッド男爵夫人のところも安心できません！　フィオナ嬢の意志など無視して無理矢理肉体関係を結ばせようとした極悪非道な者たちです。レックスさまが傍にいないとわかれば、もっとひどいことをしてくるかもしれません。下手をすればご一緒にいる男爵夫人も危険な目に遭うかも……。一番安全な場所は、レックスさまのお傍です‼」

ふんっ、と鼻息も荒くローレンスは言い切る。クラリッサにも危険が迫る可能性があることを気づかされ、フィオナは唇を強く引き結んだ。

「僕もレックスの傍がこの国で一番安全だと思うよ」

「で、ですが……！」

エイドリアンも追随するが恐れ多くて気が引ける。そもそも護衛を引き受ける暇がレックスにあるのか。

「——引き受けよう」

えええっ⁉　とフィオナは心の中で驚きの叫びを上げた。レックスは軽く頷きながら言う。

「最悪の状況を見据えて動いた方が最も無駄が少ない。フィオナ嬢は俺が守る。君はこのままここに留まれ。ローレンス、彼女が滞在できるよう手配を」

「畏まりました、お任せください！　では、失礼いたします‼」

止める間もなくローレンスは一礼し、応接間を出ていった。迅速すぎる。フィオナは唖然と遠のいていく足音を聞くだけだ。

レックスが険しい表情でこちらを見やった。とはいえ、瞳にはさほど厳しさはない。どこか気遣いを感じられる柔らかな光がある。

「気持ちがついていかないだろうが、俺たちはこうした荒事に慣れている。任せて欲しい」

「……あ、あの、お申し出は大変嬉しいのですが、申し訳なさの方が強くて……」

「俺がいいと言っている。君は俺を利用し、活用すればいい」

「そんなことできません‼　そもそも人を利用するなんて、許されることでは……」

「される当人がいいと言っているのだから、気にする君がおかしい」

（私はおかしくないわ。おかしくない……‼）

感覚の違いを思い知らされるが、どうすれば納得してもらえるかわからない。互いに見つめ合ったまま黙り込んでいると、エイドリアンが笑い出しながらレックスの肩を叩いた。

「フィオナ嬢はこれまでお前に近づいてきたご令嬢たちとは違うんだよ。お前を利用することを目的とはしていない。与えられる優しさを当然と受け止める人ではないんだ」

レックスがこれまでどんな性質の令嬢たちと関わってきたのか、想像できるような気がした。女性関係で苦労もしたのだろう。なんだか同情してしまう。

目を伏せて兄の言葉に聞き入っていたレックスだったが、理解し終わったあと驚きに目を瞠った。まじまじと見返され、視線の圧にフィオナは怯んでしまう。

「……俺の厚意が申し訳ない、ということか？」

無言のまま、何度も頷く。レックスは信じられないと軽く首を左右に打ち振った。

「俺がいいと言っているのに利用しないだと？　あり得るのか、そんなことが……」

（レックスさまの対人関係は、一体どのようになっているのかしら……）

低い独白を零したあとレックスは口を噤《つぐ》んでしまったが、纏う雰囲気に剣呑さはない。どうするのが一番いいだろうとフィオナは考え、ぽん、と手を叩いた。

「では、レックスさまの護衛に対する対価を支払わせてください！」

「うん、それはいいね！」

エイドリアンがすかさず同意してくれる。ギロリ、とレックスは兄を冷ややかに見返した。

「もらう必要のないものを、なぜもらわなければならないんだ？」

「対価を支払わせていただければ気も楽になります。洗濯掃除、食事の支度、農作業もできます。庭仕事も大丈夫です。私にできることでしたら何でもお申しつけください」

意気揚々と提案すると、レックスが苦笑した。

「本当に君は……俺の知る令嬢たちとは違うな。農作業と庭仕事ができる令嬢は初めてだ」

馬鹿にされているわけではないようだが少し恥ずかしくなり、顔を赤くして目を伏せる。

すると、エイドリアンの瞳がきらりと輝いた。何かいい対価を思いついたらしい。

「フィオナ嬢にはレックスの恋人役――婚約者役を引き受けてもらおう」

何を言われているのかわからず、フィオナは絶句した。

レックスも同じく絶句し、わずかに瞠った瞳で兄を見返している。表情に変化はないが、瞳が戸惑いで揺れていた。

注意深く見ていれば、レックスの瞳は以外に感情豊かだとわかった。目は口ほどに物を言うというのを、彼は体現している。

（ああでも、レックスさまの目を見返すことはなかなか難しいかも……）

レックスは無言のまま、エイドリアンに手を伸ばした。そしてあろうことか、ガシッ、とその首を摑む。フィオナは声にならない悲鳴を上げ、慌てて彼の腕に取りすがった。

「レ、レレレレ、レックスさま！　陛下のお首が……お首がもげてしまいます……‼」

「加減はしている。だが回答如何では兄上といえど容赦はしない。なぜそのような提案に至ったのだ。フィオナ嬢に失礼すぎる提案だろう」

「お前、今、自分をいくつだと思っているんだい？　妻も子もいておかしくない歳だよ？」

「別に俺が結婚しなくとも子ができなくとも問題はないだろう」

「そうだね。でもいつまでも身を固めないから、お前の妻の座を狙って令嬢たち、いや未亡人たちまでもが群がってくるんだよ。そのせいで女性不信になっている」

なるほど、とフィオナは納得した。レックスはわずかに眉を顰める。

「……そこまでひどくはない」

「でも誰かと結婚しようと思うどころか、友人になろうとすらしないだろう。僕はお前の幸せを願っている。お前には国王としてのしがらみはないんだから、愛する者と幸せになって欲しいよ。そのためには女性不信気味なところを治さないと駄目だ。でなければ運命の相手と出会っても、そうとわからないままになってしまう」

レックスが首を摑んでいた手をゆっくりと下ろす。フィオナは深く安堵の息を吐いた。

「だが俺の、こ、いびと、などになったら、フィオナ嬢への風当たりはかなり強くなる」

変なところで声を揺らがせて、レックスが反論した。

話を聞けば引き受けるのがいいと思えた。エイドリアンの言う通り、この調子では運命の恋人に出会えても見逃してしまうだろう。

それに王都の貴族令嬢たちの苛《いじ》めなど、大したことでもないはずだ。フィオナは領地で年頃になるまで子供たちとよく遊び、野山を駆け回っていたのだ。おかげで滅多なことでは風邪もひかないくらい、身体は丈夫だ。

（そう。デイヴにされたことに比べれば、ご令嬢がたの苛めなんてなんてことはないわ）

「それが護衛の対価になるのでしたら、お受けいたします」

レックスが勢いよくこちらを肩越しに見やった。表情は変わっていないが視線の圧が凄まじい。フィオナは思わず踵《かかと》に力を入れるが、しっかりとレックスを見返す。

「……何を言っているのかわかっているのか。俺の恋人役だぞ。俺の、婚約者役だぞ」

「わ、わかっています。レックスさまの恋人役で、婚約者役ですよね？」

レックスがわずかに目を細める。何か感動しているような雰囲気を感じるが、これは勘違いかもしれない。

レックスの感情を読み取るのはまだ難しい。ひとまず不機嫌ではないようだが。

一度ゆっくりと瞬きをし、再び鋭い瞳でレックスはこちらを見返した。

「君は王都の社交界にいる令嬢たちの真の姿を知らない。彼女たちの標的にされてしまったら、犯罪寸前のことまでされる。舐めてかかると痛い目を見るぞ」

「そこまで脅す必要はないけど、レックスの言うことにも一理あるよ。何しろレックスは、既成事実を作ればこっちのものだとして媚薬を盛られたことが何度もあるし、口を利いたこともないご令嬢と結婚するという噂を広められたこともあるし、きっぱり断りの返事をしているにもかかわらず、未だに毎日数十通もの恋文や誘いの手紙が届くしね」

（や、やっぱりすごいことになっていたんだわ。それでは女性不信気味になるのも当然よ）

レックスはまだ渋っている。だがせっかくできそうな『お礼』だ。彼が受け入れやすい言い方はないだろうか。

フィオナはしばし考え込んだあと、顔を赤くして言った。

「そ、それに、演技とはいえレックスさまのような方の恋人になれるのは……やはり女性としては嬉しいもの、です……」

「……嬉しい、のか……？」

ぽつり、とレックスが呟く。所詮は俗な女だと呆れられただろうか。

エイドリアンが苦笑し、弟の肩を叩いた。

「フィオナ嬢もこう言ってくれているんだし、色々と勉強させてもらえばいいじゃないか。女性はお前が知る者たちばかりではないよ。フィオナ嬢のようなご令嬢もいる」

レックスが大股の一歩であっという間にフィオナの前に近づいた。素早い。

「本当に、俺でいいのか」

「は、はい。精一杯お手伝いさせていただきます。叔父の件が片付くまでになりますが、何か他にもできることがありましたら遠慮なくお命じください」

レックスの瞳が、かすかに見開かれた。何か衝撃を受けたようだ。

「……その件が済むまで……ああ、そうだな……」

レックスのことだから、きっとあっという間にフィオナが領地に戻る準備を整えてしまうだろう。彼の優秀さは噂で聞き及ぶ限りでも、相当なものだった。

その程度の短い期間ならば、フィオナとは気の迷いのような交際だったのだと周囲は思ってくれるはずだ。そしてそんな些細な噂はアビントン領にまで届かない。彼の恋愛遍歴に変な傷はつかないはずだ。

そんなことを思っているうちに、ローレンスが戻ってきた。

「フィオナ嬢のお部屋の用意が整いました」

「フィオナ嬢、俺は少し兄上と話がある。休んでいてくれ」

「はい、ありがとうございます」

フィオナはレックスたちに腰を落とす一礼をしてから、ローレンスのあとについていった。

（なんだか妙なことになってしまったわ。でもレックスさまのお力を借りることができた）

これまで鬱々としていた気持ちが一気に晴れたことは間違いない。改めてレックスへ感謝の気持ちを抱きながら、与えられた役目を精一杯果たそうと思った。


フィオナの気配が完全に遠のいてから、レックスは兄に向き直った。

大股で眼前に一気に歩み寄ると、鼻先が触れそうなほど間近から瞳を覗き込む。険しい表情のため、威圧感は半端ない。

「どういうつもりだ、兄上。彼女はクズな叔父と下衆《げす》な従兄の対応だけで手一杯なんだぞ。それなのにあんな提案をして負担を増やすなど……!!」

「え、嬉しくなかった？　この件が片付くまではフィオナ嬢と一緒にいられるんだよ？」

うっ、とレックスは反論に窮した。エイドリアンがにやにやと人の悪い笑みを浮かべる。

国王として皆の前に立つときは賢王然とした態度と雰囲気を放っているのに、家族だけの前だとやんちゃな幼少時とさほど変わらない。だがそれが家族愛に満ち溢れているから、レックスとしても強く拒絶できないのだ。

「……嬉しい」

ぽつりと答えるとエイドリアンが今度はとても愛おしげな笑みを返し、弟の頭を優しく撫でてくる。レックスの方が彼より少し背が高いのだが、どれだけ歳を重ね身体が成長しても、可愛い弟に変わりはないらしい。

「うんうん、僕も嬉しいよ。ようやくお前も一人前の男として好きな女性ができたんだね」

「勝手に話を進めるな。兄上が言う好きとは、恋愛感情の好きだろう？　……それはまだわからない……。確かに好ましいとは思っているが……まだ、そこまで、は……」

「フィオナ嬢は魅力的なご令嬢だ。目立つことは嫌いな感じがしたけれど、王都のご令嬢がたのようにもっと着飾ったら、誰もが目を惹かれずにはいられない姿になるよ」

うむ、とレックスは神妙に頷いた。まったくもって、兄と同意見だった。

外見は穏やかで優しい雰囲気が強い。だが着飾ればとても美しくなるだろうことは、容易く予測できた。今日のドレス姿は爽やかですがすがしく、彼女によく似合っていた。

性格も外見通りなのだろう。流行りの話題などを口にできないレックスに対して、落胆した様子もなかった。まるで小動物に餌付けしているような感じで菓子を勧めていたときも素直に受け止め、どんな味だったかを丁寧に教えてくれた。

レックスはエイドリアンとは違い、社交的な性格ではない。話すのがあまり得意ではなく、黙っていられるのならばずっと黙っていてもいいくらいだ。興味がないから流行りものにも疎い。むしろ古典的なものを好み、華やかなものよりもひっそりと可憐に息づくものを好む。

それは同性でも異性でもつまらない男と見られがちだ。

けれど、レックスの立場や権力、財産が人を引き付ける。自分の価値はそこにしかないのだろうかとひどく悩んだ時期もあった。

だがフィオナからは、レックスをつまらない男と思っている節は一切感じられなかった。

それにこの機会を逃すことなくお近づきになろうとする様子もない。

（何よりも好ましいのは——彼女は自分の弱さをきちんと理解していることだ）

叔父と立ち向かう気概はある。だが対抗する力がないと理解している。ならばそのために何ができるのかを考えられる。心の芯が強くしなやかでなければできないことだ。

「中身も大変……好ましい……」

「そうだね。だから何もせずにいたら誰かに取られてしまう」

「それは駄目だ！」

気づけばそう返している。己の言葉に驚き、レックスは思わず片手で口を覆った。

エイドリアンが優しく微笑む。そして弟の胸の中心を、つん、と人差し指で軽く突いた。

「心はとても素直だ。お前はフィオナ嬢が好きなんだよ」

（俺が……彼女を、好き……）

兄の言葉を心の中でゆっくりと嚙み砕き完全に理解した瞬間、レックスは顔を赤くした。

それでも険しい表情は変わらないことに、エイドリアンが苦笑する。

「自分の心を誤魔化してもいいことはないよ。我慢は必要だけど、誤魔化すのは駄目だ。お前がフィオナ嬢に抱いたその気持ちは、間違いなく一人の女性に対する愛情だよ」

「だが、まだ会って間もないのに」

「時間なんて関係ない。愛していると気づく時間は、人それぞれだ。今夜一晩、ゆっくりフィオナ嬢のことを考えてごらん」

ぽんぽん、とエイドリアンが弟の肩を軽く叩く。納得しきれないながらもレックスは頷いた。

兄の言う通り、まずは一晩、フィオナのことを考えてみよう。

【第二章　恋のステップアップ】

　ローレンスの手際は非常に良く、また細やかな気遣いもありがたかった。急にハーディング侯爵邸に留まることになったとコーベッド男爵家に説明に行ってくれ、クラリッサたちに変な心配をかけないようにしてくれた。

　案内された客間は落ち着いた内装で、調度品も木のぬくもりを最大限に生かしたものだった。華美ではないがホッと息が吐《つ》ける感じだ。だが使われている素材は最上級のものだと手触りだけでわかった。

　夕食はなぜか料理長が腕を最大限にふるったという豪華な食事が出された。絶対に食べきれないと思ったのに、デザートまでしっかり完食してしまうほど美味しかった。多忙なはずなのにレックスは夕食に同席してくれ、客間に戻るまで食後の時間を一緒に過ごしてくれた。

　とはいえ、多くの会話が互いの間を行き交うことはない。基本的に話題を提供するのはフィオナで、レックスはそれに短く答えたり軽く頷いたりするだけだ。

　表情がほとんど変わらないから迷惑なのかと心配にもなるが、そのときは彼の瞳を見るようにした。言葉よりも伝わってくる何かがあり、彼の気持ちを何とか察することができた。

そんなふうにぎこちないながらも穏やかな時間を過ごす。就寝の時間が来ればレックスがわざわざ部屋まで送ってくれた。

「遅くまでお話ししてくださってありがとうございました」

「いや、俺も楽しかった」

ドキリ、と鼓動が小さく跳ねる。故郷の様子や子供の頃の思い出など他愛もない話ばかりをしていたのに、楽しんでくれたのか。フィオナは喜びを隠さず微笑みかけた。

レックスがわずかに目を瞠る。それから少し躊躇ったあと、言った。

「俺は君を退屈させなかったか。……俺は兄上と違い、社交性がない。君の話に上手く答えられていたかよくわからない」

強張った声音だったが彼の目を見て聞いていると、恐ろしくはなかった。己の心に一番相応しい言葉を探して伝えてくれている誠実さを感じた。

「社交的であることはお立場上、ある程度は必要だとは思いますが……適材適所という言葉があります。レックスさまが苦手なことは、ローレンスさまや信頼する部下の方にお任せになればよろしいのではありませんか？　それにレックスさまの目を見てお話しすれば、何となくですがお気持ちがわかるようになってきました。どうぞありのままでいてください」

少し調子に乗りすぎたかもしれない。まだ出会って数日の相手に——しかもレックスほど立場も身分も高位の者に助言めいたことを口にするなど、不敬だった。

　レックスの瞳からは驚きしか感じられなかったが、謝ろうとするとふとフィオナの頬に彼が手を伸ばしてきた。指先で優しく触れられて、ドキリとする。

「君が俺の目を見て話すのは、俺の心を読み取ろうとしてくれているからか」

「……も、申し訳ございません。不躾でした。今後はあまり見ないように……」

「構わない。だが、俺も君の目を見て話していいか。君が俺に対して何を思うのかをわかるようになりたい」

「存分にどうぞ！」

　こうやってレックスの女性不信が治ればいい。まだ少し視線の圧は恐ろしいが、どんなレックスでも受け止めるつもりでフィオナは両腕を広げて構える。

　レックスの目元が、ほんのわずか緩んだ。指先が優しくフィオナの目元を撫でると肌が粟立つほどの甘い心地良さがやってきて、息を呑む。レックスが慌てて手を離そうとした。

「すまない。調子に乗った……」

「構わず触れてください。私はレックスさまの恋人役をお引き受けしたのですから……！」

「……男に触れられるのは、まだ恐ろしいだろう……」

　確かにその通りだ。異性に不用意に触れられることや欲望の目で見られることに、異常な警戒心と嫌悪感を覚えてしまう。だが世の男性すべてがデイヴと同じというわけではない。

（これは、私も男性恐怖症を治すきっかけになるのでは……⁉）

フィオナはレックスを真っ直ぐに見つめた。

「私……男の方を怖いと思ったままで終わりたくはありません。あの人につけられた傷を克服したい。だから私に……触れて、いただけませんか。レックスさまに触れていただくのは怖くないのです……」

レックスがかすかに息を吞んだあと、そっとフィオナを引き寄せた。壊れ物に触れるかのように両腕の中に包み込まれ、フィオナは驚きと恥じらいで硬直する。だが恐怖はない。

頭頂に軽いくちづけが与えられた。ビクッ、とことさら大きく反応してしまったが、レックスはそれ以上動かない。

彼の温もりが心地良かった。フィオナは詰めていた息を吐き出し、レックスの胸に額を押しつける。

レックスが一瞬、大きく身を震わせた。服越しに筋肉の動きが伝わってきて、フィオナは再び息を吞む。

しっかりと鍛錬した硬い身体だ。しかも彼の身体は見た目より頼もしく、フィオナは彼の腕の中にすっぽりと納まってしまう。胸がドキドキするが、それ以上に安心する。

「大丈夫か」

しばらくするとレックスが身を屈め、耳元で囁いてきた。今更ながらに抱き合っていたことに気づき、フィオナは慌てて上体を起こす。

「はい、大丈夫です。レックスさまだとやはり……怖くありません」

そうかとレックスが頷き、名残惜しげに手を離す。そしてじっとこちらを見つめて言った。

「また……触れても、いいか」

「はい。また……触れて、ください……」

レックスが不意に近づき——目元に唇を押しつけてきた。

ただ触れるだけの柔らかいくちづけだ。鼓動が大きく跳ねる。けれど嫌悪感も恐怖もない。

身を起こし、レックスが微笑んだ。

「おやすみ。よく眠れ」

「……は、はい……おやすみなさいませ……」

レックスが頷き、立ち去っていく。その姿を見えなくなるまで見送ったあと、フィオナはそっと胸元を押さえた。もっと触れて欲しいなどと思ったことが、恥ずかしかった。


翌日、朝食を終えてしばらくすると、クラリッサがコーベッド男爵とともにやってきた。レックスの指示により男爵家に置いたままの荷物を運んできてくれたらしい。また、フィオナが屋敷に留まる経緯についても、レックスが自ら説明してくれた。

現状の変化に驚きつつも、クラリッサたちは強力な助力を得られたことを喜んでくれた。

レックスはフィオナたちのやり取りを見守ったあと、険しい表情で問いかけた。

「荷物が少なすぎる。最低限の着替え程度しかないとはどういうことだ」

いつも通りのレックスの鋭い眼光と声に、クラリッサたちの頬が強張った。青ざめながらもクラリッサが答える。

「フィ、フィオナは逃げるように自邸を出ましたので……私が迎えに行かなければ、これらの荷物も持ち出せませんでした」

レックスが短く嘆息する。クラリッサたちはビクリと肩を震わせたが、フィオナには彼が怒っているわけではないと感じ取れていた。

「では伯爵令嬢として最低限の身だしなみが整うよう、取り計ろう」

言ってレックスは使用人に目配せする。彼女は心得たと頷き、応接間を出ていった。

フィオナが慌てて止めるが、「レックスさまのご命令ですので」と言われてしまえばそれ以上は引き留められない。

「年頃の伯爵令嬢の身だしなみとなると、俺では無理だ。夫人、頼めるか」

「……はっ、はい！　喜んでお受けいたします！」

「金のことは気にしなくていい。フィオナ嬢が恥ずかしくないように取り計らってくれ」

レックスの言葉にクラリッサたちは驚く。

「男爵、今後も夫人にはフィオナ嬢の友人として付き合いを続けてもらいたい。適宜、我が家に来てもらいたいが」

「か、畏まりました。すべてレックスさまのお心のままに」

「……ま、待ってください、レックスさま！　そこまでしていただくわけには……」

自分を置いてどんどん話が進んでしまう。まだ受けた役目も果たせてないのに、前払いが多すぎる！

「……迷惑、ということか？」

わずかに眉を寄せ、レックスが問いかける。不快感を滲ませた表情に見えるが、声音は少し不安げだ。

「迷惑などではありません。とてもありがたいです。ですがあまりにも過剰な気遣いです。私はまだ頂いたお役目を果たしてもいませんので、とてもいたたまれない気持ちになります」

思いが伝わるよう、真っ直ぐに彼を見つめて言う。レックスは顎先を摘まんで目を伏せた。思案の表情だが、クラリッサたちはフィオナが叱責を受けると思っているのだろう。息を詰め、ハラハラとこちらを見守っている。数秒の間、緊迫した空気が応接間に流れた。

「わかった。次は君の意見を聞いてからにする。だが今回は俺の要求を呑んでくれ。俺の婚約者役をするとなれば、王都の高位貴族令嬢並みの身支度は絶対に必要だ。俺の立場がある」

確かにフィオナがみすぼらしい格好をしていては、レックスの立つ瀬がない。また、そのせいで彼が甲斐性なしだの恋人には優しくないだのと噂されてしまう。

フィオナは反省し、慌てて頭を下げた。

「申し訳ございません、浅はかでした。では……心苦しいですが甘えさせていただきます」

「続きは女性たちで話し合うのがいいだろう。夫人、よろしく頼む。男爵、あなたとは今後のことで少し打ち合わせもしたい。こちらに」

男爵が緊張した面持ちで付き従い、二人が応接間から出ていく。フィオナはクラリッサとともに礼をしてレックスを見送った。

「何が必要かを大体決めていただければ、当家に出入りの商人や仕立て屋の手配をいたします。打ち合わせが終わりましたらお知らせください」

使用人たちも出ていけば応接間にクラリッサと二人きりだ。クラリッサはよろよろとソファに崩れ落ちるように座り、肘置きにしなだれかかった。

「……すごく……緊張したわ……」

「ご、ごめんなさい、クラリッサ。なんだか大事になってしまって……」

「むしろありがたいわ。私の親友をレックスさまが守ってくださるなんて、安心しかないもの」

ふーっ、と大きく息を吐いて内に残る緊張を吐き出すと、クラリッサは今度は興味津々の体《てい》でこちらに身を乗り出してきた。

「またとない機会よ。いっそのことレックスさまの本当の恋人になってしまえば？」

「幸運な機会ではあるけれど、それを利用しては駄目よ。こういうことは何よりも気持ちが大事。今はレックスさまのお気遣いに感謝したいだけ」

けしかけてくる親友に苦笑しながらも、フィオナはしっかりと反論する。クラリッサは少々人の悪い笑みを向けた。

「その言い方だと、レックスさまがその気になってくださったら応えるということよね？」

自分の言葉を反芻した直後、フィオナは耳まで赤くなった。そんな意図はなかったが、ずいぶんと上からの物言いをしたことに恥ずかしくなる。

「そんなつもりで言ったわけではないわよ!?」

「いい傾向だわ。あなたの心は少なからずレックスさまに傾いていると……」

「そ、それは仕方ないでしょう。レックスさまは素敵な方だし、お優しいし気配りもしてくださるし……」

「……そう思うのってあなただけだと思うわよ……私は恐怖しかなかったわ……」

「クラリッサはまだレックスさまのことを知らないからよ。とにかく変な期待はしないで。そもそも身分違いよ。これは憧れ。憧れなの！」

（そうよ！　私は伯爵家嫡女として夫を迎えなければならないのよ。レックスさまをアビントン領に来させるわけにはいかないし、私が王都に来たらアビントン家はどうなる……って私は何を考えているの‼）

なんだか必死で妙な弁明をしながら心をよぎる思いに、フィオナはますます顔を赤くする。

クラリッサが声を立てて笑った。

「本気になってもいいではないの。思うことは自由よ。気持ちは止められないわ」

「もう、からかうのはやめて。さあ、必要なもののリストを作りましょう」

まだ何か言いたげなクラリッサの言葉を遮る。気持ちを切り替えないとますます妙なことを考えてしまいそうだった。

閉めた扉の傍に佇んでいたレックスは、コーベッド男爵が待つ別の応接間へと向かった。

盗み聞きはいけないと思ったがフィオナが親友とどんな話しをするのかが気になり、男爵を先に行かせて扉近くに留まったのだ。

自分がどう思われているのかが気になる——そんな気持ちを抱くのも、初めてだった。これが恋をしているがゆえの変化の一つなのか。

（いやわからん……そうなのか？）

何しろ初めての経験ばかりで理解が追いつかないどころか、気持ちを持て余しているところもある。とにかくフィオナが気になって仕方がない、というのが正直なところだった。

（だが……そうか。彼女は俺に好意を持ってくれているのか）

憧れだろうと何だろうと、嬉しい。口元が緩んだことに気づき、指で口端をなぞった。

かすかな変化しか感じられず、誰かが見てもレックスが微笑んだとは気づけないだろう。

（だが君はきっと……気づく）

そう確信することも、不思議だった。


レックスの屋敷に世話になってから、二週間ほどが経った。

レックスは屋敷の中にいても何かと忙しくしている。それでも外出しないときは食事と茶の時間をフィオナと一緒に過ごすようにしてくれていた。

時折屋敷を出入りする彼の部下たちとも顔馴染みになりつつある。最初こそ主人の傍に使用人ではない女性がいることにひどく驚いたようだったが、意外にもすぐフィオナのことを好意的に受け止めてくれた。挨拶や向けられる笑顔からそれらが感じ取れてホッとする。

恋人役としてすぐにでも役に立ちたいと思うものの、そもそもレックスが仕事を離れて社交に出る機会が今のところないらしい。そこで屋敷の中でじっとしているのも性に合わないため、迷惑にならない程度に使用人たちの手伝いをするようになった。

自邸でも使用人を雇っていたが、災害などがあったときに何もできないのではいけないという両親の考えから、家事は一通りこなせるのだ。客人にそんなことはさせられないとレックスとローレンスに言われたが、役立てないことの方がよほどフィオナの心には堪《こた》える。そう訴えるとレックスはしばし考え込んだあと、好きにしていいと頷いてくれた。

今日は書類仕事があると言って、朝食後、レックスは執務室に籠ってしまった。合間に昼食を挟んだが、午後もそれは変わらない。フィオナは使用人たちと作ったクッキーを茶請けにして茶を用意した。

茶は故郷のものだ。気候的に育てるのが難しい種でアビントン領とその周辺地にしか流通していないのだが、すっきりとした癖のない味が食事にも菓子にも合う。秋の今が旬で、この時期に出回る茶が一番美味しい。クラリッサが定期的に取り寄せている分を、フィオナに分けてくれたのだ。

喜んでくれるといいと願いながらフィオナはレックスの執務室に向かう。ノックとともに来訪を告げるとすぐに入室が許可され、ローレンスが扉を開けてくれた。

「お茶を淹れてくださったのですか。ありがとうございます」

明るく朗らかな声の奥で、ガタン、と一際大きな音がした。どうしたのかと問いかけるより早く、ローレンスの背後にレックスがいた。

心構えなく振り返ったローレンスは、険しい表情で見下ろされて大きく身を震わせる。あまりの素早い動きに瞬間移動でもしたように見えたフィオナも、驚いて目を瞠った。

「今、フィオナ嬢が茶を淹れたと聞こえたが」

「……は、はい。息抜きにどうかと思いまして……昨日作ったクッキーもよろしければ」

「頂こう」

少々前のめり気味に頷いてもらえてホッとする。ローレンスがワゴンを引き受けて室内に運び、フィオナも手伝って来客対応用のテーブルの上に準備した。

その間、レックスはフィオナの様子をじっと見つめていた。相変わらず視線の圧がすごい。

「レックスさま、準備ができました。どうぞ」

「ああ。ありがとう」

執務椅子から離れてソファに座ったレックスに、手ずからカップを手渡す。

一瞬指先が触れ合い、ドキリとした。レックスも少しだけ指を強張らせたがそれだけだ。

意識しすぎだわ、と猛省する。

レックスが茶を一口飲み、ホッと息を吐いた。彼がこの茶に癒やされていることが伝わってきて、とても嬉しくなる。よくよく見れば、口元もほんのわずか綻んでいるように見えた。

レックスの背後に鎮座した執務机には、ローレンスが決裁を終えた書類とそうでないものを整理していて、分厚い束になっていた。

「お忙しいようですね……」

「王城でしているものも持ち込んでいるからそう見えるだけだ。普段こなしている量とさほど変わらない」

クッキーも摘まみながらレックスが言う。甘いものは苦手だと言っていたがフィオナが故郷で作っていた主食代わりにもできる塩味のものを出したところ、食べてくれるようになった。どうやら彼の好みの味だったらしい。

「ローレンスさまの分もお淹れしました。休憩されては……」

「ありがとうございます！　ですがこの書類を王城に送る手はずを整えなければなりませんので、僕は一度失礼いたします」

「いや、急ぎのものはな……」

「お気持ちだけで！　ではまた後ほど参ります！　それまでどうぞお二人でごゆっくり！」

一陣の元気な風が通り過ぎていくような素早さだ。唖然として見送ってしまったが、やがてレックスが訝しげに眉を寄せた。

「……君の分のカップがない」

「お忙しいようでしたので遠慮しようかと思いましたが……では、少しだけ」

レックスが頷き、自分の隣に一度、視線をやった。隣に座るよう促されているとわかるが、いいのかと躊躇ってしまう。

（そうだわ！　私は今、レックスさまの恋人役！　婚約者！　これくらい当然よ！）

「し、失礼します」

「その言い方は何かおかしい気がする。恋人の隣に座るのに断りを入れるものなのか？」

生真面目に問われると、余計に意識してしまいそうだ。レックスが変な誤解をしないよう慌てて立ち上がり、改めて今度は無言で座り直した。レックスが息だけでかすかに笑う。

「今日の茶は、いつものものと香りが少し違う」

「これはアビントン領で栽培しているお茶なんです。収穫しづらい種なのですが、食事にも菓子にも合う癖のない味で……」

説明をするフィオナを、レックスは無言で見つめている。目元は少し綻んでいて優しい。自分の話にどんな感情を抱いているのかを知りたいから、フィオナも気づけば彼の目を見返して話をしている。

他愛もない世間話ばかりでレックスは聞き役専門だ。都度、相槌を打ってくれる。上手く交流できているのか疑わしいが、これでいいとフィオナは感じている。

会話が途切れたら黙る。話したくなれば話す。彼とならば、沈黙も苦にはならない。

丁度、会話が途切れた。茶の香りもあり、心が故郷に飛んでしまう。

（アビントン領は大丈夫かしら……離れてもう数ヶ月も経ってしまったわ……）

レックスが叔父たちを裁くために情報と証拠を集めていると教えてもらっているが、進捗状況を毎日のように聞くのは急かしているようで我慢していた。動くと決めればレックスが教えてくれる。それを今は待つしかない。

荒事に慣れていない自分が下手に動けば、彼らの足を引っ張ってしまう。だが何もできないもどかしさと心配は決して消えない。

「……っ？」

ふいにレックスの硬く骨ばった——温かい指が頰に触れた。ドキリとしてかすかに震える。

レックスがすぐに手を離した。温もりが遠のいて何となく寂しくなる。

「すまない。君に許しを得てから触れるべきだった。……触れてもいいか」

（お顔や態度は怖いくらい不愛想なのに、とても優しい方）

そしてそのことにごく限られた者しか気づけていないことが、とてももどかしい。もっとレックスの優しさを国中が知るべきだと思いながらも、その限られた少ない理解者の中に自分が加わっている優越感も捨てきれなかった。

「は、はい。どうぞ」

「では失礼する」

「レックスさまのお言葉もおかしいですよ。恋人ならば遠慮なく触れてください」

「例え恋人でも触れられたくないときもあるだろう。それがわかるようになりたい」

ふふ、とフィオナは笑みを零す。レックスは改めて指を伸ばし、フィオナの頰を撫で、唇のかたちを確かめるように優しくなぞる。少しくすぐったい。

レックスは無言でフィオナを見つめながら指を動かす。彼がどのような感情を抱いているのかを見逃さないよう、フィオナも彼の瞳を見返す。これほど近いとまるでくちづけられているような気がしてドキドキした。

レックスの指が、少しだけ唇の合わせから中に入り込んできた。一瞬驚きで震えたが、抵抗はしない。食い入るように見つめられながら、唇の裏側をそっと撫でられる。

鼓動が信じられないほど速くなる。同時に身体の奥が熱くなった。

指がさらに奥に入り込んできた。舌先に触れられ、ビクッ、と大きく震えてしまう。

レックスも雷に打たれたように、慌てて手を離した。

「……すま……ない。やりすぎた……」

「……い、いえ……大丈夫、です……」

妙な気まずさが漂い、居たたまれない気持ちになる。だがここですぐに部屋を出たらレックスを拒んだようで嫌だ。

フィオナは小さく深呼吸して気持ちを入れ替えると、レックスに微笑みかけた。

「今度は別のお菓子を作ろうかと思います。何か食べたいものはありますか？」

フィオナの意図に気づいたのだろう。軽く咳払いをした後——真剣な顔で考え始めてくれた。

フィオナはレックスの瞳が一番よく感情を表してくれると言った。だから彼女はレックスの目をきちんと見返して話をする。だが家族以外はレックスが纏う威圧感に気圧《けお》され、その目を見返すことはほとんどない。

レックスは本来、話すことが苦手だ。それは母が物静かな人だったからかもしれない。表情にもあまり変化が現れない質《たち》だった。けれど視線や仕草などから何を考えているのかわかるから大丈夫だと、家族は言ってくれた。それは欠点ではないとも。

やがて歳を取るごとに、第二王子の自分を利用しようとする者が想像以上に多いことを自覚せざるを得なくなった。そしてレックスを旗頭にしてエイドリアンを失脚させようと目論む者たちが接触してきたときには、呆れてしまった。こちらには野心など一切ないというのに。

だがそれを訴えても彼らは信じなかった。レックスの寡黙さと表情の無さを、兄への不満だと解釈した。そしてレックスこそがエイドリアンに代わって国を治めるべき逸材だと、美辞麗句を並べ始めたのである。交わされる言葉や仕草、表情が、すべて見たままの通りではないことを学んだ出来事だった。

レックスは己を餌にして彼らをすべてあぶり出し、兄の前に引きずり出して、当時まだ存命だった父王に裁かせた。貴族たちは下手に王弟に手を出したら痛い目を見ると震え上がった。その事件が今のレックス像を作った最たる要因だった。

（当時は目を合わせただけで切り殺されるなどとも言われていたな……）

おそらくはそうした噂を流すことでレックスを精神的に追い詰めようとしたのだろうが、大した効果はなかった。そもそも自分に攻撃が向く限りは闘争心を燃やす質である。

ただし、懐に入れたものを傷つけられるのは堪《こた》える。無論、自分が大事にしているものが傷つけられていると知った時点で、報復に容赦などしない。

レックスを痛めつようとするのならば、レックスが大事にしているものを奪い、傷つければいい。レックス自身をいくら攻撃しても、たいした痛みを与えることはない。

フィオナはそんなレックスの目を、言葉を交わしてから数分も経たないうちにしっかりと見返してきた。強靭な精神をしている。いや、他者に合わせて柔軟に変化する心の持ち主か。

身内以外では初めてだ。信頼している部下ですら、そこに至るまでにそれなりの時間がかかり、未だ、時折震え上がって目を逸らすこともあるというのに。

（彼女はとても――綺麗な目をしている）

若草色の瞳は美しく澄み、柔らかく穏やかな光を宿していた。知らずホッと息が吐けるような優しさがあった。レックスを手に入れようと躍起になる令嬢たちのように貪欲なものは一切見られなかった。

レックスの立場と身分に、彼女は敬意を払ってくれている。本当にそれだけのようだ。まだ親しくもなっていない男に対しての、ごく『普通』の対応をしてくれた。

そして今では親しい間柄の対応をしてくれる。

息抜きにどうかと執務室に茶を差し入れてくれたり、簡単な書類整理を手伝ってくれる。そのときに基本的に聞き役になってしまっても、彼女は不快感や慄《おのの》きを見せなかった。

会話が途切れて気まずくなることもなく、その沈黙すら穏やかで落ち着くくらいだ。

別に話さなくてもいい。ただ、傍にいてくれればいい。そう思うことが不思議で、驚きで、新鮮だった。一緒に過ごす時間が増えるほど、フィオナの傍が居心地いいと感じる。

叔父たちの件が片付いたら、フィオナはアビントン領に戻るのだろう。レックスのことを何とも思っていなければ、ここを離れることに躊躇いなどないはずだ。

それに彼女は領主家の嫡女としてきちんとした自覚を持っている。きっと一緒に領地を守っていく、彼女に相応しい伴侶を選ぶだろう。

(――離したくない)

そんな気持ちを抱くのに、さほど時間はかからなかった。

レックスは兄のために王都を離れることはできない。ハーディング公爵家の領地経営も、基本的には信頼する部下たちに任せ、彼らの報告書や定期的な領地視察で運営している。

ハーディング公爵家はそれで問題ない。だがフィオナを妻に求めれば、彼女を故郷から引き離すことになる。それを彼女はどう思うか。故郷よりもレックスを選んでくれるのか。

（いっそのこと既成事実を作ってしまえば……俺のものに、してしまえば……）

だがそれではデイヴと同じだ。

デイヴにされたことを克服したいと、フィオナはレックスが触れることを許してくれている。それを免罪符にして、先日の執務室では彼女の唇と舌に触れることができた。

柔らかく温かく、しっとりとした唇と舌だった。もっと触れて、舐めて、味わいたかった。

（フィオナに、触れたい）

健康な青年であれば、気になる女性に欲情するのは当然だ。だがそうした欲望を異性に抱いたことはこれまでなかった。自慰で充分だった。なのにフィオナが欲しいと思っている。

（これが、恋をする――ということなのか）

初めての感情を持て余し、戸惑ってしまうばかりだ。不用意に会えばこの劣情に突き動かされ、彼女が最も嫌悪することをしてしまいそうで怖ろしい。

必要以上に近づかなければいいとわかっているのに、会わずにはいられない。

（だからあんな夢を見たのか……）

その日の朝、レックスは夜明けを少し過ぎた時間に目を覚ました。

もともとレックスの朝は早い。そして今はフィオナとの時間をできる限り増やしたくて書類仕事などを持ち込み、朝食前にいくつか済ませるようにしている。

けれど今朝は、それよりも早かった。夢見が悪かったからだ。

いや、いい夢だったのかもしれない。夢の中とはいえ、フィオナを抱いていたのだから。

『レックスさま……』——夢の中で組み敷いたフィオナの裸身は、とても健康的で瑞々しく、欲情をそそるものだった。

まだ目にしたことはなくとも、ドレスの下の裸身が美しく瑞々しいものだということは、容易く想像できた。髪を高く結い上げているときの項《うなじ》や襟ぐりから除く胸元、間近で見たときの頬や唇の肌質からわかる。唇を当てたらとても気持ちいいだろうとも。

ドレス越しでもフィオナの身体がとてもバランス良く整っていることもわかる。細すぎず健康的な身体だ。ただ、その両手はレックスが知る令嬢たちよりも少し荒れている。アビントン領で嫡女としての役目を果たしているからだろう。それはレックスに好感しか与えない。

椅子に座って指示を出しているだけの凡庸ではないのだ。自らの足で領地を回り、民の声を聞いている。そうでなければ貴石が掘り尽くされる未来を見据えて領地に伝わる伝承の図案を活用し、今後のための名物作りをしようなどとは思わないだろう。

穏やかで優しい雰囲気を纏いながらも、芯は強い。そういう女性なのだと思う。

そのフィオナがレックスの愛撫に応え、甘く淫らな喘ぎを繰り返し、己を食いつくさんとする律動を受け止めてくれていた。

快楽の涙を零し、与えられる愛撫に感じながらも恥じらう様子が可愛らしかった。だから貪ることをやめられず、最奥を穿ち続けた。

『レックスさま、も……もう、私、無理……っ』――快感についていけないと涙ながらに訴えられても、止められなかった。懇願の声を呑み込むために深くくちづけ、舌を搦《から》め捕りながら彼女の両手首を頭上で片手一つで纏めて押さえ込み、腰を激しく打ち振った。

『んっ、んぅ……ん、んー……‼』――息苦しいのか懸命に首を左右に振ってくちづけから逃れようとするフィオナにのしかかり、自重で押さえつけて貪り続ける。

ベッドの軋む音や汗ばんだ肌がぶつかり合う音、淫らな水音、フィオナの甘い喘ぎ――すべてがレックスの理性を焼ききる。

フィオナの身体中に己の印を刻み込みたかった。会ったこともないデイヴのことが脳裏をかすめ、そいつが彼女をどこまで暴いたのかと想像しただけで縊《くび》り殺したくなった。

（俺の……俺だけのものにしたい）

肌には、くちづけの痕を刻み込める。だが体内には、同等の印を刻めない。それが腹立たしい。いっそのことこのまま孕《はら》ませてしまえば。

――背筋を這い上がってくる言いようのない快感に支配された直後、目覚めたのだ。

とんでもない夢だった。フィオナの尊厳を打ち砕く、己の欲望を満たすだけの性交だった。

しかも、彼女の中に一体何度精を放ったのかと呆れるほど貪欲だった。

腰の奥にまだ快感が残っていたが後味の悪さがひどく、レックスは片手で顔を覆って自己嫌悪に打ち震えた。現実でなくて良かったと、心底安堵する。

このままでは間違いを起こしてしまいそうだ。いっそのこと、間違いを起こす前に彼女に気持ちを伝えてしまった方がいいのではないか。

想いが報われない可能性も大いにある。そうだとしても気持ちの区切りはつくはずだ。

(君に応えられないと言われても……多分、俺の気持ちは変わらないだろうから)


この日の午後、レックスは執務室で書類仕事をしていた。だが今回は初めて彼から茶の用意をして欲しいと頼まれた。時間が許すならば休憩の時間を一緒に過ごしたいとも願われ、自分の分のカップも用意する。何か話したいことでもあるのだろうか。

希望された時間に執務室に向かうと、室内にはレックスしかいなかった。仕事に区切りをつけていて、ソファに座っている。ローレンスは書類を王城に届けに行っていて、しばらく戻ってこないとのことだった。そう教えてくれる声も瞳も緊張しているようにも感じられた。

フィオナが手早く茶を用意してテーブルに置くと、隣に座るよう促される。フィオナも少々緊張気味に腰を下ろし、レックスからの言葉を待った。

レックスとの沈黙は苦にならない。だから待つ。けれど彼は何か言いかけようとこちらを見て——そっと目を伏せることを何度か繰り返すだけなのだ。

よほど言いにくいことがあるのだろう。色々と考えてみるが、思いつくものがない。

（それに……触れて、くださらないし……）

恋人役を引き受けてから、彼が不器用に、けれども優しく触れてくれるようになった。並んで座ったりすれば手を握ったり頬や髪を撫でたりしてくれるのに、今は何もない。

フィオナは思わずレックスの手をぎゅっと握った。彼が一瞬、身を強張らせる。

「……どうした」

「あ……い、え……申し訳ございません。レックスさまに触れ、たくて……」

（……私、とても大胆な発言をしているのでは……!?）

耳まで赤くなり、慌てて手を離そうとする。だがレックスが力を込めて握り返してきた。

「君がそう言ってくれるのは嬉しい。君にとって……俺が特別な男のように思える」

どき……っ、と鼓動が小さく震えた。

（ああ、そうね。確かにレックスさまは私の中で、特別な存在になっている……）

その自覚はあった。だがその意味については、考えないようにしていた。考えても実るものではないと理性が教えていた。だから気づかないふりをしていた。

（ああ、なのにもう誤魔化せない……）

心に枷をかけても、仕草と言葉でそう感じさせてしまっている。彼を特別な男性――好きな人として、見てしまっているのだと。

フィオナはレックスを見返すことができない。目が合えば心を読み取られてしまうだろう。

「フィオナ嬢」

低く重みのある声で呼びかけられ、反射的に顔を上げる。丁度こちらを覗き込もうとしていたレックスと至近距離で目が合い、気づけばもう、互いの唇が触れ合ってしまった。

あまりにも突然すぎて、フィオナは大きく目を見開いたまま硬直する。レックスもこのときばかりは誰もがわかるほどに大きく目を瞠って動けないようだ。

ここは誤魔化してしまうべきか。それとも謝罪して忘れてもらうべきか。そんなことをめまぐるしく考えていると、繋いだままだったレックスの指にふいに力が籠った。我に返ってひとまず離れようとしたが、レックスがぐっ、と唇を押しつけたままで身を寄せてきた。

(……え……っ⁉)

空いている腕がフィオナの背中に回り、抱き寄せる。同時にレックスの唇が動き、フィオナの唇を押し広げてきた。

「……ん……っ⁉」

少し開かされた唇に、ぬめった感触が触れた。何、と思う間もなくそれが優しく唇を撫でてくる。

ビクリと大きく震えると、レックスの身体も強張った。だが離れはしない。唇は優しくそれで撫でられ続け――やがて不思議な甘い心地良さが全身を包み込み、強張りが解ける。

熱くぬめったものが、意を決したようにフィオナの唇の奥に入り込んできた。ようやくそれがレックスの舌だと気づく。

これではまるで恋人同士のくちづけではないか。

(……どうして、こんなこと……っ)

疑問符が頭の中を走り回って、どう対応すればいいのかわからない。気づけばレックスの舌がフィオナの舌を搦め捕り、恐る恐る舐め合わせてきた。

「……は……ふ、ん……っ」

舌を絡ませ合うことが、信じられないほど気持ちいい。まるで心で触れ合っているようだ。舌を強く擦り合わされ、フィオナは繋いだ手に力を込める。レックスがハッ、とかすかに息を呑んだが、やはり離れることはしない。堪えるように舌の動きをゆっくりする。

「……ん……んぅ、ん……っ」

どこで呼吸をすればいいのかわからず、息苦しくなる。だが離れたくない。

「……フィ、オナ、嬢……」

レックスも息継ぎが上手くいかないようで、わずかに唇を離して呼びかける声が掠れている。

「……ふ、う……ん……っ」

口中に潜り込んできた舌は、フィオナの歯列や顎の裏側、頬の柔らかな部分にも触れて味わってきた。

喘ぐ息すらも、レックスに呑み込まれる。喉奥まで入ってくるのではないかと思うほど舌で味わわれていると、自然と滲み出してきた互いの唾液も混じり合う。どちらのものかもわからなくなるほど溶け合った熱い滴りは、不思議と甘く感じられた。

背中に回っていた腕が上がり、フィオナの後ろ髪を握り締めるようにして上向かせ、固定する。彼の舌が口中で何かを探し求めるように動き回った。

（息、が……くる、し……）

ついに、フィオナの意識が遠のき始めた。身体からぐったりと力が喪われていく。

レックスが我に返り、慌てて唇を離した。

「すまない、大丈夫か⁉」

少々青ざめ、必死の表情でレックスが問いかける。こんな表情を見るのは初めてだわ、などと頭の片隅で思う。フィオナは胸を大きく上下させながら頷いた。

「だ、大丈夫です……。ただ、どうしてこんなことをされたのか、知りたい……です」

役目上のことだからと言って欲しかった。

レックスが小さく息を呑んだ。数秒の沈黙のあと、彼が怯えるような口調で答えた。

「それは君のことが――好き、だからだ」

（……え……っ⁉）

レックスの瞳は真剣で、息を詰めてこちらの答えを待っている。その表情はこれから戦場にでも赴くかのように険しい。だが、目元はほんのりと赤かった。

フィオナは茫然とレックスを見返した。

「まだ、会って少ししか経っていません、が……」

あまりにも驚きすぎて、そんな問いかけをしてしまう。レックスが真面目な顔で頷いた。

「そうだ。しかも俺は異性に好感を持ったのは君が初めてで、自分の気持ちすらよく理解できていない。だがこの事件が片付いたら、君は領地に帰ってしまうだろう？　それは駄目だ。認められない。君を、離したくない……」

朴訥《ぼくとつ》とした言葉は、ロマンチックさやときめきを感じさせるものからはほど遠かった。けれど、だからこそ胸に響く。

（レックスさまが一生懸命考えてくださった言葉だから……）

「我慢は必要だ。だが誤魔化してはいけない。……兄上がそう教えてくれた。だから俺は誤魔化さない。君を俺の傍から離したくない。俺の傍にいて欲しい」

想いを伝えようとするためか、顔がまた近づいて鼻先が触れ合った。レックスが眉を寄せる。

「我慢は必要だとわかっているのに……触れたくて堪らなくなる。すまない……」

欲望を抑え込むためか、レックスが強く目を閉じる。まさに苦悶の表情だ。

（レックスさまが、私を……好き……？）

「……わ、たしのような田舎領地の嫡女を妻になど……面倒、ですよ……？」

今は叔父親子がフィオナの財産を狙っている。それに嫡女のフィオナがレックスのもとに嫁いだら、アビントン伯爵の爵位をどうするかも考えなければならない。

レックスの妻としての身分も、あまりにも相応しくない。そんな面倒しかない女を、本当に求めてくれているのか。

レックスは真摯な顔で頷いた。

「君に色々と苦労をかけることになる。それを考えれば、想いを告げるべきではないのだろう。だが……それでも君を手放すことだけは嫌だ。フィオナ嬢、どうか俺の傍にいてくれないか。君が……欲しい」

欲しいと呟くその吐息混じりの声が、フィオナの心も身体も求めているように聞こえた。

「私……レックスさまを好きになってもいいのですか……？」

レックスが目を瞠る。だがすぐに嬉しそうに微笑んで頷いた。

「俺を好きになって欲しい」

真っ直ぐに飾り気なく伝えられる言葉を理解すると、ぶわわわっ、と頬が熱くなった。フィオナの目に喜びの涙が滲む。

（レックスさまが好きになっていいと言ってくださる……）

ならば精一杯応えたい。捧げられるものがこの気持ちしかないのならば、ここで卑屈になるのは彼に対して失礼だ。

「私もレックスさまが好きです。多分、一目惚れでした。だからレックスさまが私でいいと仰ってくださるのならば……あなたのものに、してください……！」

「……っ！」

レックスが息を呑み――直後、唇をぶつけるようなくちづけを与えてきた。すぐさま舌が口中に入り込んでくる。

「……ん……んぅ……っ⁉」

レックスの舌がフィオナのそれに絡みつき、強く舐め合わせてきた。唾液の熱とぬめりに小さく身を強張らせ、本能的な怯えで身を引いてしまう。レックスがすぐさまフィオナの背中を片腕で抱き寄せた。

「……ん、ん……っ」

抱擁でフィオナの反射的な抵抗を抑え込み、レックスがたっぷりと唇を、舌を、唾液を味わってくる。フィオナの意識が蕩け、全身から力が抜けていった。

「……ん、んぅ……っ」

レックスはフィオナの舌を搦め捕って引き出し、舌先をちゅぅ、と軽く吸った。名残惜しげにしながらも、ようやく唇が離れる。彼の息も軽く乱れていた。

レックスが舌なめずりをする。野性的な仕草に背筋がゾクリと震える快感が生まれ、フィオナは顔を赤くする。

よくよく見れば、彼の目元もほんのりと赤くなっていた。すさまじい男の色気にくらくらする。

「これが君の味か……」

ひどく感じ入った声で言われると、とんでもなく恥ずかしくなる。何を言えばいいのかわからず俯《うつむ》くと、レックスが耳元に唇を寄せて囁いた。

「他の部分も同じ味がするのか？」

「そ、それは……自分では、よくわからないので……っ」

ふむ、とすぐに納得してレックスは小さく笑った。

レックスの感情がこれまで以上にはっきりとわかり、フィオナは驚きに目を瞠って彼を見返した。彼の懐の中に入るとは、こういうことなのだろうか。

「どうした」

「……い、いいえ、な、なん、でも……っ」

妙にドキドキしてしまい、しどろもどろになってしまう。レックスがふ、と目元を緩めた。優しく染み渡るような微笑にときめいてしまい、慌てて目を伏せる。

「フィオナ嬢？」

心配げな声に呼びかけられ、フィオナは慌てて返事をしながら顔を上げた。焦ったせいで目測を誤り、むちゅっ、と、レックスの上唇の辺りにくちづけてしまう。

「あ、あの、あの、申し訳ありません！　す、するつもりは、なく、て……！」

その言葉にレックスが茫然としたまま呟いた。

「君は……君からくちづけするつもりはまったくないのか……？」

「し、したくないわけではなくて！　い、今のは不可抗力で……っ」

何がなんだかもうよくわからない。フィオナは真っ赤になって口ごもってしまう。

レックスが指先で優しく唇を撫でてきた。

「すまない。困らせるつもりはなかった。純粋に、したくないのかと……」

「そ、そんなことはありません！　私もレックスさまのことを好きですから、したくなるときも出てくると思います！」

直後、レックスが胸元を押さえ、驚きの声音で言った。

「……なんだか妙に動悸が……ああ、そうか。君の言葉が原因だ」

「だ、大丈夫ですか!?」

「問題ない。君も遠慮なく俺にくちづけてくれ。だが今は……俺が君にしたい」

レックスが改めてフィオナを見返し、くちづけてくる。角度を変えて柔らかく何度も啄まれると、本能的な怯えは緩やかに溶けていった。フィオナは自然とレックスに身を委ねる。

（でもまだ少し……怖い……）

舌の根が痺れるほど強く吸われると、ビクリと身を震わせてしまう。レックスがハッとし、フィオナを離して大きく息を吐いた。

「すまない。強すぎた」

「大丈夫、です……ごめんなさい、私、慣れていないので……だから気にせず……」

レックスが動きを止め、目を閉じる。何やら感動しているように見えた。

「そうだな……君は初めてなのだから、ゆっくり……しないと……」

アクアマリン色の瞳の奥には、フィオナを求める熱が透けて見えている。力でも権力でもフィオナをねじ伏せられるだろうに、彼はそれをしない。デイヴとは違う。

「私……早くレックスさまに触れられることに慣れたいです。ですから遠慮せず、たくさん触ってください」

レックスの瞳が、わずかに見開かれた。彼はそのまま身動きせず、じっとこちらを見つめてくる。

視線がほんの少しも揺れない。おかしいと心配になった直後、気づいた。

「……レ、レックスさま！　息を……息をしてください‼」

頬を両手で包み込んで言うと、レックスが「ふー……っ」と内圧を下げるように細く息を吐き出した。フィオナは安堵の息を吐く。

「……すまない。今の君の言葉があまりにも衝撃的で……」

（それほど変なことを言ったかしら……？　……言ったわ……!!）

自分の言葉を反芻し、とんでもなく大胆な誘い文句のようなことを口にしたと理解して、耳まで真っ赤になる。だが、と羞恥を呑み込みフィオナは続けた。

「い、言い方は変でしたけれど、正直な私の気持ちです」

「……そう、か」

レックスが繋いだ手に力を込めて引き寄せた。腕の中に優しく抱き締められ、頬や額に軽くくちづけられる。

「あ、あの……レックスさま……？」

「なんだ」

ちゅ、と唇の端にくちづけられ、フィオナはくすぐったさに身を強張らせる。嫌がったものでないとわかってくれているのか強引ではなかったが、止める様子はない。

「……少し、くすぐったいです……」

「慣らしているだけだ。だったらやめなくていいのだろう？」

「そ、そう……です、けれど……あ、ん……」

「——えー……こほんこほん」

どんな大根役者でも、もう少しましな演技ができるのではないかと思うほどにわざとらしい咳払いがした。何だろうとそちらに目を向けると、ローレンスが扉を遠慮がちに開け、その隙間から中の様子を窺っている。フィオナは硬直した。

（い、今の……見られ……っ⁉）

「安心しろ、見せていない。君のその顔は俺だけのものだ」

確かにレックスが扉を背にしてフィオナを抱き締めている。

フィオナはホッと安堵したが、だからといって羞恥が消えるわけでもない。声にならない呻きを上げ、フィオナはレックスの胸に顔を埋《うず》めてしまった。

「戻ったのか」

「はい、戻りました。お邪魔してしまい、申し訳ございません……」

「わかった。……フィオナ嬢、休憩に付き合ってくれてありがとう。仕事の続きに戻……」

「レックスさま！　なんですか、それは！」

くわっ、とローレンスが目を剝き、ひどく険しく叱責に満ちた声を上げた。穏やかで優しげな彼がこんなふうに上司を叱責することもあるのか。

「何がだ」

レックスが険しい声で問い返し、ローレンスを見返す。部下からの叱責を、真正面から受け止める構えだ。こういうところも彼の魅力の一つだろう。

「察するにお二人は、本当に恋人同士になられたのだと思いますが」

「ああ、そうだ」

レックスが重々しく頷いた。フィオナは慌ててレックスから離れ、ローレンスに改めて挨拶しようとする。ローレンスは嘆くように軽く首を左右に振った。

「でしたらフィオナ嬢への呼び方を改めてください」

「……？」

レックスと一緒に沈黙の疑問符を返す。ローレンスがひどく真面目な表情で続けた。

「本当の恋人同士になったのならば、フィオナ、と呼ばれませ！　フィオナ嬢だなどとなんて他人行儀な！　それではフィオナ嬢がレックスさまのお心を遠く感じてしまいます！」

「……そう、なのか……っ？」

表情は変わらないもののひどく衝撃を受けた声で言い、レックスがフィオナを見やる。

そんなことはありませんから、どうぞお好きに呼んでください！」

だが呼び捨てで呼んでもらえたら嬉しい、などと心の中で思ってしまう。どうやらフィオナの気持ちを察したらしく、レックスは神妙に頷いた。

「わかった。君をフィオナ、と呼ばせてもらう」

敬称が取れただけなのにとても親密な感じがして、嬉しくなる。自然と口元が綻ぶと、レックスも満足げだった。その様子にローレンスはうんうん、と嬉しそうに何度も頷いている。

「ローレンス、俺は恋人を持つのは初めてだ。色々と教えてくれ」

『恋人』という言葉に鼓動が跳ねる。レックスは厳粛な表情でローレンスに頭を下げた。

部下に教えを請うことも頭を下げることも厭《いと》わないのが、とても彼らしい。フィオナは改めてときめき、ローレンスはますます嬉しげに笑った。

「お任せください！　まずはフィオナさまのお部屋の準備ですね。早急にレックスさまのお隣にお部屋を整えますので、数日お待ちください」

「私は今の客間で充分良くしていただいています。それにことが落ち着けば、一度は領地に戻らないとなりません」

恋仲になったとはいえ、すぐに結婚などとなるわけでもない。

彼と一緒に生きていくためには身分や立場が最たる障害となる。今はレックスの心が寄り添っていてくれても、これからどうなるかはわからない。そうなったとき重荷にならないようにする心構えは持つつもりだった。

それに本当に結婚に進むことになれば、アビントン領をフィオナの代でどう運営し、継いでいくのかも話し合わなければならない。今は気持ちがとても昂って何でもできそうだが、現実はそう甘くないことばかりだ。

（レックスさまが疲弊してしまうようだったら、身を引くことも必要だわ……）

レックスが顎先を軽く摘まみ、深く頷いた。

「確かにそうだな。一度も領地に戻らずすべてを解決することはできないだろう。今後の跡継ぎ問題や領地管理のことなど、アビントン領を行き来することも多くなりそうだ。この辺りは俺たちの方向性が決まったら、兄上と義母上も交じえてすり合わせをする必要がある」

「畏まりました。日程調整と……諸々の手続きも進めておきましょう」

レックスがもう一度、深く頷いた。

フィオナはレックスと想いを通じ合わせただけで充分だったのだが、この言い方ではもうすでにその先を――いずれは結婚も考えているようではないか。

「……あ、あの、レックスさま……私はレックスさまの恋人にしていただけてとても嬉しいです。ですがその先はまだ……未確定、ですよね……？」

「確定だ。それ以外はない」

「確定ですよね!?　もちろんご結婚ですよね!?」

異口同音でレックスとローレンスに詰め寄られ、フィオナは思わず顎を引く。戸惑ってしまうと、レックスが手を取った。

「俺は君にずっと傍にいて欲しいと願った。それを君は受け入れてくれた。ずっと、というのは一生涯ではないのか？」

「そうですよ、フィオナさま！　僕も陛下も使用人たちも、皆、フィオナさまが奥方になるのだと思っておりますよ!?」

予想外の言葉にフィオナは絶句する。まさかそこまでもう考えていてくれたとは。

「あ、あの……本当に……？」

「もちろん、君の心が追いついてくれるまではいくらでも待とう。だが俺は君と結婚すると決めた。君が今思い浮かんだ様々な障害についても、これから一緒に乗り越えていこう」

「レックスさまは、やると決めたら必ずやり遂げる方ですよ」

（……あら？　何か逃げられないような感じが……）

言い表しようのない不穏な感覚が頭の隅をちらりとよぎったが、思う以上にレックスが求めてくれている嬉しさに打ち消された。こちらも腹をくくるべきだろう。

好きになって欲しいとレックスは言ってくれた。ならばその先を望んでもいい。そして彼はフィオナと一緒にいることだけではなく、故郷も大切にしてくれるつもりなのだ。怯んで戸惑っているだけなど、情けない。

「ありがとうございます！　精一杯、レックスさまにお応えできるよう頑張ります」

レックスの愛情深い一面を改めて知ることができ——彼への想いがますます強くなっていく。

レックスが破顔し、無言でフィオナを抱き締める。喜びゆえに力は強く息が止まりそうだったが抵抗せず、フィオナは彼の背中にそっと両腕を回した。

【第三章　触れ合いを重ねて】

レックスの婚約者として——未来の妻としての地位が、あっという間にハーディング公爵邸で確立された。フィオナはまだまだ戸惑いながらもレックスの想いに応えたいという一心で、問題に一つ一つ立ち向かっていた。

令嬢教育はもちろん受けているが高位貴族のものではなく、王都に合わせたものでもない。フィオナはレックスに相談し、早々に教師をつけてもらうことにした。

レックスはフィオナが積極的に動いてくれることを喜んでくれ、必要ならば金銭的なことをまったく気にせず手配してくれる。実務的なことはローレンスが一手に引き受けてくれ、細かい相談事にも乗ってくれた。レックスもそういった場にはできる限り同席してくれるのがとても嬉しかった。

使用人たちもとても好意的で、もう奥さま扱いしてくれる。おかげで彼女たちとの信頼関係も徐々に強くなっていった。

社交場においてのより実践的な教師は、クラリッサだ。レックスはクラリッサをわざわざ公爵邸に呼び寄せ、いずれ結婚を考えていると意志表明してくれた。彼が熱病のような恋に浮かされているのではなく、本当にフィオナに一途に一目惚れをしたのだと教えられ、クラリッサも全面的に協力してくれることになった。

叔父たちの調査は順調に進んでいて、定期的に上がってくる報告によると今、レックスの部下が働きかけて叔父たちは新たに賭け事をするための借金ができなくなっていた。それにより不満を溜めて領民に重税を課すことはないかと心配にはなったが、その対応もレックスは考えてくれていた。

「――新たな賭場を作るよう命じた」

叔父たちがうつつを抜かした賭場を訪れる者たちを、徐々にレックスの部下が作り上げた偽の賭場に引き込んでいき、最終的には叔父たちが関わっていた賭場を潰す。叔父たちは部下が扮した支配人と親密になっていて、彼が賭け金を用立てていた。その資金はレックスの私費だ。これで叔父たちは対外的に新たな借金を作ることはなくなる。

しばらくレックスが作り上げた賭場で叔父たちを泳がせ、関わってきた悪質な者たちも一斉検挙したいとのことだった。領民の中にもレックスの部下は紛れ込んでおり、叔父たちが領民に不当なことをしないよう、目を光らせているという。

「君の具合を心配している者たちも多いそうだ」

報告にはフィオナを心配している者たちの様子も記されているとのことだった。細やかに気遣ってもらい、フィオナは嬉しくて泣きそうになった。

だからこそレックスの恋人として――いずれ妻になる者として相応しくなりたいと、令嬢教育にも励んだ。レックスがその様子を見るととても嬉しそうにするからなおさらだ。

その日、フィオナは図書室で教師から指示された王族の歴史についての本を読んでいた。

本棚から取り出してきた皮表紙装丁の分厚い本は、全部で十冊だ。一ヶ月後にテストするのでよく覚えておくようにと、教師に言いつけられたのだ。

王族の成り立ちから始まり、歴史に名を遺した者たちの逸話なども盛り込まれている。レックスの生い立ちの背景を知ることは、想像以上に面白かった。

(面白いというのも失礼な言い方かもしれないけれど……でも、王族の方々のことを真面目に勉強することって田舎貴族だとよほどのことがない限りないから、とても新鮮……)

そもそも王族と接することが一生に一度あるかないかだ。

逸話集なる本もあり、それは読み物として純粋に楽しい。また王族の始まりの逸話などは、当時の歴史的背景を知ることもでき、今との違いを比べるのも楽しかった。時折突飛な王族もいて、その逸話に笑みを零す場面もある。

勉強ではあるが読書を楽しむことにも通じ、フィオナは時間を忘れて読みふけっていた。

何度目かの笑みを零したあと、丁度ページが終わって本を閉じる。ふーっ、と息を吐いて顔を上げた直後、隣にレックスが座っているのをみとめた。

　ガタッ、と反射的に椅子から立ち上がってしまい、足元をふらつかせた。

　危なげなくレックスがフィオナの腕を掴み、引き寄せる。彼の胸に倒れ込んでしまったが、柔らかく抱き止められた。

「驚かせてすまない、何度か声をかけたんだが」

「む、夢中になっていて申し訳ございません。まったく気づきませんでした……」

　レックスは気分を害した様子もなく、興味深げな目を向けた。

「本が好きか」

「はい。歴史の先生から王族の成り立ちについて予習しておくよう言われてこれらを読んでいたのです。逸話が思った以上に面白く、特にこちらの王女殿下の輿入れの様子が……当時の社交界では一大ロマンスだったのですね！」

「ああ、この方か。もうずいぶん演目として取り上げることがなくなったが、当時はその恋物語を歌劇にしたと聞いている」

　そんな逸話まであるのか。機会があれば見てみたいものだ。

「歌劇は好きか？」

「はい、好きです。物語を感じるものが好きなので、演劇も好きです」

「そうか。では近いうちに何か観に行こう。ローレンスに手配させる。……俺はこの分野に明るくない。観たいものがあれば教えてくれ」

自分の至らぬところをレックスは矜持《きょうじ》のために隠したりしない。だからフィオナも不必要な意地を張らないようにしていた。

「でも私はまだ令嬢教育を終えていませんし、ご一緒してはご迷惑になるかと……」

まだ令嬢教育を始めて数週間だ。田舎とはいえこれまでやってきた学びも無駄になってはいないらしく筋がいいと褒めてもらえているが、レックスの隣に並んで社交場に出るにはかなり心もとない。フィオナ自身、まだ確かな手ごたえも自信もなかった。

「自信がないか」

「はい……」

レックスが優しく微笑む。そして手を伸ばし、フィオナの頬を優しく励ますように撫でた。

「構わない。だが観劇はパーティーと違い、社交の機会を持たないようにすることもできる」

ボックス席を利用すれば可能らしい。他人に知られたくない秘密の逢引きなどにも利用されるようだ。支配人にあらかじめ話を通し、チケット代に少し上乗せすればもっと確実とのことだった。田舎領地ではそんな劇場はなく、フィオナは驚いてしまう。

そこまでしなくても、と慌てると、レックスはほんのわずかに目を逸らした。

「……」

聞き取れないほど小さな声で、何か言う。フィオナは彼の目を真っ直ぐに見つめた。

「ここには私とレックスさましかいません。何でもお話しください」

観念したようにレックスが軽く嘆息した。そして気まずげに続ける。

「着飾った君を見たい……と思った」

令嬢教育の傍ら、レックスはフィオナのためにドレスや小物を新調している。こちらが心苦しく思わないよう、気遣いながらの購入だ。それらを日頃から身に着けて身体と心に慣れさせることも令嬢教育の一つだとマナー教師に言われ、授業の間、着飾っているときもある。

レックスは基本的に国王の傍での――王城での仕事が多い。書類仕事だけならば屋敷で行うこともあるが、どうにも授業と時間が合わず、彼はまだ一度も着飾ったフィオナをゆっくりと見たことがなかった。だからそれを見たいと観劇に誘ってくれるとは嬉しい。

「どのドレスがいいですか？」

弾んだ声で尋ねると、レックスが不思議そうな顔をする。質問の意図がわからないようだ。

「どうせならば、レックスさまのお好きなドレスを着たいと思って……」

（そういえば私、レックスさまのお好みの色も知らないわ……！）

レックスがふと、遠い目になる。しばし黙考してから言った。

「水色のドレスがいい」

水色のドレスは何着かあった。どれのことかと思い悩む前に、レックスがデザインの説明をしてくれる。すぐにどのドレスかわかった。

（ま、まさか私に用意してくださったものすべてを記憶されている……⁉）

「水色は嫌いか？」

「いいえ。あの、レックスさまは私のワードローブのすべてをご存じなのですか……？」

「当然だろう。君が身に着けるものだ。何かあってからでは困る」

（何かって何かしら……）

至極真面目に答えられ、フィオナは微笑んだ。

（私の知る常識から時折だいぶ離れたお考えをしているけれど、これがレックスさまなのよね）

「気遣っていただきありがとうございます。レックスさまは水色が好きなのですか？」

「特別好きな色というわけではない。なぜだ？」

「わざわざ具体的な色を言ってくださったので、お好きな色なのだと……私、レックスさまの好きなものをまだよく知りません。レックスさまのお好きなものをもっと知りたいです」

レックスの瞳がわずかに見開かれた。今更ながらにそのことに気づいたようだ。

「わかった。一晩、待ってくれ。俺の好きなものについて書き出しておく」

とても真剣な声で言われると、書き出される項目数がどれほどになるのか心配になる。いい意味でも悪い意味でもレックスは真面目だ。

「レックスさまの好きなものを知ることができるのは、とても嬉しいです。ですがそのリストを書き出すために睡眠時間を削ってはいけません。レックスさまはそれでなくともお忙しいのですから……だからこうしてお話ししているときにでも、きっかけがあれば教えてください。そして私も知りたくなったときに質問させていただければ嬉しいです」

わかった、と言葉にせず、こくりとレックスは頷く。険しい表情なのに仕草は何だかとても可愛らしく見えた。

「レックスさまはどの色が好きですか？」

「特にない。汚れが目立ちにくいことを考えると、黒や藍などの濃色に目が留まる」

「実用優先なのですね。では水色のドレスが良かったのはどうしてですか？」

何だか尋問しているようだ。この答えを聞いたら別の話題にしようと思っていると、レックスが少し困ったように眉を寄せた。

「俺の目と、同じ色だから」

必要最低限の答えに込められた意図を察し取り、フィオナは顔を赤くする。

確かにあのドレスは張りと光沢がある淡い水色の生地を使っていて、持っているドレスの中ではレックスの瞳の色に一番近い。自分と同じ瞳の色のドレスを着させたいというのは、ある種の独占欲ではないか。

品行方正なレックスにもそんな面があるのかとわかって驚くが、嬉しさの方が上回る。

「わ、わかりました。では、あの水色のドレスを着ますね」

（季節柄を考えたら、濃い色合いのショールやケープを合わせたら……だったらレックスさまの髪の色に近いものを……）

そんなことを考えていると、ふと視界が陰った。目を上げたときにはレックスの唇がフィオナの唇に優しく押し当てられ、啄み始める。フィオナは反射的に目を閉じた。

「……ん……ふ、う……んぅ……っ」

レックスの唇は決して強引ではなかったが、すぐにフィオナの唇を開かせ、口中に舌を潜り込ませてきた。そのまま舌に絡みつき、舐め合わせ、歯列や頬の内側などを容赦なく味わってくる。

表情に似合わず、彼のくちづけはいつも情熱的だ。それ以外はまだ優しく穏やかだが。深く官能的なくちづけを与えながら、レックスの片手が頬を撫でる。手が大きいから、指先がすぐに耳に触れた。そのままその指で耳を撫でられると甘い心地良さが全身に広がっていき、フィオナは小さく喘ぐ。

「……ん、んぅ……っ」

レックスが舌先を甘噛みしてから、唇を離した。腰の奥が疼き、蜜口が熱い蜜でしっとりと濡れていくのがわかる。瞳が潤んだのを見て、レックスが小さく笑った。

「くちづけにはもうだいぶ慣れてくれたようだ……」

はしたない表情をしてしまったのかもとフィオナは反省し、赤くなった顔を伏せた。

「レ、レックスさまが……たくさん、してくださいますから……」

レックスがフィオナの頬を包み、上向かせた。再びくちづけられ、彼に身を委ねる。

「そうだな。だがいくらしても満足できない。これはどうしてだ……？」

息継ぎの合間に戸惑いの気持ちを熱く囁かれると、このまますべて奪ってもらいたくなる。

レックスはくちづけを止めないままで、優しく身体を撫で回してきた。

「ん……ぁ……っ」

温かな掌がブラウス越しにそっと胸の膨らみを包み込んだ。怯えさせないよう気遣いながら、優しくゆっくりと揉み込んでくる。フィオナは思わずレックスの腕を摑んだ。

以前はこうして触れられるとデイヴのことを思い出してしまい、怯えて震えてしまっていた。だがそれもだいぶ薄れ、これくらいならば身を委ねることができるようになった。今、彼の愛撫に震えてしまうのは、快感のためだ。

レックスの愛撫はとても気持ちがいい。身体の震えが怯えから快感に変わっても、始めのうちは心配されてしまっていたが――今は大丈夫だと頷けば止められることもない。

「恐くはないか？」

「……は、い……気持ち、いいです……」

感じていることを伝えるのはとても恥ずかしいし、はしたない。だがレックスが己の欲望を我慢して気遣ってくれているのに、それに甘えてばかりでは駄目だろう。だから問われればきちんと気持ちを伝えるようにしている。

そしてそうすれば、レックスが嬉しそうに目を細めてくれる。彼のほとんど変わらない表情がそんなふうに揺らぐと、堪らなく胸がときめいて――それがまた、快感に繋がるのだ。

レックスがフィオナの腰に右腕を絡めて引き寄せつつ、ブラウスのボタンに手をかけた。フィオナが身を委ねたままでいることを喜んでくれているのは、口中の舌の動きでわかる。

「……ふ、んぅ……っ」

レックスが舌の根まで痺れるようなくちづけを与えながら、ブラウスのボタンをゆっくりと外し始めた。

胸元がさらけ出され、外気を冷たく感じる。くちづけだけで、もうこんなに身体が熱くなっているのか。

ちゅっ、と軽く舌先を吸ってから、レックスが唇を離す。その唇は弱いところの一つである耳の下に押しつけられ、舌先で薄い皮膚を舐めくすぐってきた。びく、と快感に小さく震える。

一瞬だけレックスが様子を窺うように動きを止めたが、フィオナがそのまま身を委ねているると愛撫を続けた。開いた襟の中に直接手を差し入れ、コルセットの後ろ紐を緩める。

開放感に包まれた胸の膨らみを、レックスの両手が押し上げるように包み込む。やわやわと揉みしだかれて思わず熱い息を吐くと、今度は彼の硬い指先が乳頭を優しく撫で回してきた。

「……ん……っ」

声を漏らして反応すると、一度止まってくれる。そして宥めるように唇を啄んだ。

「大丈夫か。無理はするな」

「は、い……平気、です。だからもっとして、ください……」

「……嬉しい、が……駄目だ。ゆっくり……しないと……」

「……あの、遠慮しないでくださ……んぅ……っ」

レックスがくちづけで遮り、両方の頂を摘まんで捕らえたあと、くにくにと揉んできた。

「……ん……っ」

角度を変えてくちづけながら、レックスは巧みに指を動かす。

まだ触れ合いを始めた頃はどこか怯えるように——戸惑いとぎこちなさを多々見せてくれていたのに、フィオナを気持ち良くさせたいという一心からか、触れ合うたびに愛撫は巧みになっていった。ただ、フィオナが少しでも心地良さげに反応したところを決して見逃さず、執拗《しつよう》なまでに弄《いじ》ってくるのが困るのだが。

胸の頂は、感じる場所の一つだ。レックスはぷっくりと硬くなり始めた乳頭を指で優しく扱《しご》き、時折軽く弾いたりもして快感を高めてくる。くちづけの合間に零れる甘い喘ぎが強くなると、今度は爪でかりかりとひっかいてきた。

「……ふ……ぅっ」

ビクン、とことさら大きく震えてしまうと、レックスがすぐに愛撫を止める。唇を離し、今度は労るように指の腹で丸く乳頭を撫でながら言った。

「すまない、痛かったか……夢中に、なってしまった……」

「だ、大丈夫、です……気持ち、良くて……だから……」

さらに顔を赤くしながらも正直に伝えると、レックスは安堵の息をかすかに吐いてから嬉しそうに笑った。そして快感をもっと引き出そうと、すぐさま爪での愛撫を再開する。

「ん……あ……あぁ……っ、そ、れ……気持ち、いい……です……」

「良かった。ならばフィオナ、今日は少し先に進ませてくれ……」

苦しげな声でそう言った直後、レックスがフィオナの左胸にむしゃぶりついた。唇と舌の熱く濡れた感触に驚く間もなく、レックスが乳首を吸い上げる。

「……んぅっ！」

舌先で激しく乳首を弄り回され、フィオナは喘ぎを高めないようにするだけで精一杯だ。レックスの舌は乳首の側面を擦るように舐め、次には舌先で乳頭をぐりぐりと強く押し込み回す。かと思えば前歯で軽く嚙まれる。

全身に甘い疼きが広がり、蜜口が熱く蕩け始めた。気持ちがいい。

「……レ、レックスさま……っ」

反対側の乳首にも同じ愛撫を与えようと胸から口を離したレックスが、目を合わせてくる。食い入るように見つめてくるアクアマリン色の瞳は情欲で熱く濡れていて、見つめられるだけでゾクゾクと背筋に快感が走った。

（もうこのまま……レックスさまのものに、して……）

そう口走りそうになったとき、レックスがぴくり、と頬を引き締めた。そのまま無言で眉を寄せると乱したフィオナの上半身を手早く整えてくれる。

急にどうしたのかと戸惑うフィオナの耳に、ローレンスの声がかすかに聞こえた。

「レックスさま、レックスさま！　どちらにいらっしゃるのですか⁉」

「……ああ……黙って執務室を出てきてしまっていたんだ……」

気まずそうに続けられ、フィオナはいけないと思いつつも小さく笑ってしまう。まるで悪戯を知られてしょんぼりする子供のようだ。

「では、お仕事に向かわなければなりませんね」

頷いてレックスが立ち上がる。せっかくだからとフィオナは図書室の出入口まで同行した。

「お仕事の続き、頑張ってください。あとでお茶をお持ちます」

「ありがとう。君も頑張りすぎるな」

そんなつもりは一切ないしこの程度の努力では全然足りないと思うのだが口にはせず、笑顔を返す。レックスはフィオナの唇に軽く触れるくちづけを与えた。

「観劇の前に、図書館に行かないか。フリートウッド図書館はどうだ」

それは王城近くにある王都立の図書館で、王国内最大の規模を誇る。そこには国内で発刊されている本のすべてが蔵書されていて、フィオナには大変魅力的な場所だ。領地では手に入れられなかった物語がたくさんある。

「行きたいです……！」

「日程を調整する」

「とても嬉しいです。レックスさまとのお出かけの日が増えました」

レックスがあまり語らない分、フィオナは気持ちを言葉にして伝えるよう心がけている。

レックスはすぐに嬉しそうに目元を緩め、図書室を出ていった。

「こちらにいらっしゃったのですね。執務室にお姿がなくて心配しました……！」

「悪かった。少し……息抜きをしていた……」

「……レックスさまご自身で息抜き！　それは大変結構なことです。もっとたくさん息抜きしてくださいませ」

扉越しに聞こえた会話に笑みを零し、フィオナは心が浮き立つのを感じる。

（何を着ていこうかしら。レックスさまが用意してくださった外出着の中で……）

クローゼットルームの中身を思い返しながらフィオナは改めて勉強の続きに向かった。

冬の訪れが間近に感じられる少し肌寒い日だったので、濃緑の生地で仕立てられたワンピースと何本ものタックが胸元に入った白いブラウス、革のショートブーツ、ブラウスと同じ生地で仕立てられた手袋をはめた。その出で立ちをレックスはとても似合っていると喜んでくれた。

そんなレックスも、裾が長めの深緑のジャケットがすらりとした長身を際立たせていて、とても素敵だった。特に黒パンツに長靴だと足がとても長く見える。一緒にいると同系色のいで立ちだからか、お揃いのようで嬉しい。

見惚れているとレックスがすぐに馬車の中に促した。

「今日は風が少し冷たい。早く入れ」

それほどでもないのだが頷いて車内に入ると、すぐさま彼の上着を羽織らされてしまう。過保護気味であることも、一緒に過ごしている間に知ったレックスの長所だ。

だがフリートウッド図書館に到着するまでの間、ひたすらじーっと見つめられて少々居心地が悪かった。どうやら自分の与えたものがフィオナに似合っていることを確認したいらしい。彼のそんな様子を見られれば、自然とお洒落も頑張ろうと思う。

(でも外見だけ磨いても駄目よね。中身ももっとしっかりしないと)

内面を磨く手段の一つとして、知識を得るのはとても有効だ。せっかくだから今日はここで、できる限り色々な知識を得ようと意気込む。

王都最大の図書館というだけあって、その大きさは王城かと思ってしまうほどだ。開館時間となる今、正面玄関は開かれていて、大扉の両側に守衛が立っている。

思った以上に人数が多く、少々物々しい。一般閲覧者たちが時折彼らに鋭い視線を向けられ、びくっ、と震えることもあった。

「な、なんでこんなに守衛が多いんだ？」

「落ち着いて本を選べなかったぞ……」

そんな囁きも耳に入り、少し心配になる。レックスに何かあってからでは遅い。日を改めた方がいいのではないかとも思ったが、このためにレックスは仕事の調整をしてくれたのだ。帰邸を提案するのを躊躇っている間に肩を抱かれ、レックスとともに入口に向かう。

レックスは物々しさを気にする様子もない。どうやら気にしすぎのようだ。

守衛と一緒に職員用の黒いお仕着せを着た紳士が、深く頭を下げて待っていた。

「ようこそいらっしゃいました、公爵さま」

「ああ、頼む」

「お任せください。こちらへどうぞ」

にこやかな笑顔を浮かべた紳士に先導される。

「お連れさまは物語がお好きだとお知らせいただきましたので、国内の創作小説が集められている区画にご案内いたします」

そんな下準備をしていてくれたのか。喜びと驚きの目を向けると、レックスは少し照れくさそうに目を細めた。

「ありがとうございます！　……だったらあのお話の新刊もあるかしら……？」

「どの本でしょうか」

紳士にタイトルを告げると、笑顔で頷いてくれた。

王都を拠点にしている出版本は、アビントン領に入ってくるまでにそれなりの時間がかかる。人気の本は貸本屋でも予約待ちが長く、フィオナはまだ読めていなかった作品だ。

廊下を進むにつれて人気はどんどんなくなり、代わりに守衛を見かけるようになった。レックスの警護のためだと気づく。物々しい雰囲気はそのせいだったのか。だが進むにつれ自分たち以外の来館者がいなくなっていくというのが不思議だった。

案内された区画は、三階建ての天井までびっしりと本棚で埋められた吹き抜けの空間で、様々な本が隙間なく納められていた。どこから手をつければいいのかわからず戸惑っていると、案内の紳士が好きな作家や作風などを尋ねてくれ、ある程度の指針をつけてくれる。

もちろん、読みたかった新刊もすぐに見つかった。他にもおすすめの本を用意してくれる。

彼は館内の知識が豊富で疑問にすぐに答えてくれるだけでなく、興味がありそうなものを教えてもくれた。気づけば彼のすぐ近くに用意されていたワゴンはいっぱいになってしまう。

さすがにこんなにたくさん借りていけない。自制しようとするとレックスの声がかかった。

「気にしなくていい。選んだ本はすべて図書館直轄の書店で買い上げる。ここでは読みたいものを選ぶだけでいい」

レックスを放置してしまっていたと気づき慌てて振り返れば、いつの間にやら読書用のソファセットに座った彼が茶と菓子のもてなしを受けていた。無論フィオナの分も用意されていて、レックスは優雅に茶を飲みながらそう言ってくる。

まるで今日の天気を口にするような気軽さだが、言われた内容はとんでもない。このワゴンに入っている本をすべて購入するとなれば、相当な金額になる。

「そんな……いけません‼　勉強に必要な資料ならばまだしも、これは私の娯楽ですよ⁉」

「娯楽も必要だろう。勉学に打ち込んだあとは必ず疲弊する。身体の疲れは休めば治るが、心の疲れを取り除く方法は人それぞれだ。君は読書が好きなのだからこれらは君の癒やしになる。ならば、必要なものだ」

理路整然とした言葉に止める手立てがまったく思いつかない。案内人に助けを求めるが、彼は紳士的に穏やかな笑みを浮かべるばかりでとても協力してくれそうになかった。

そもそも利益を考えればレックスの提案を断る気などないだろう。それどころかレックスに聞こえないよう声を低めて彼は続ける。

「謙虚な気持ちはとても大事ですが、レックスさまのご厚意を無駄にするのはいかがなものかと……今回、この区画をお嬢さまのために完全貸し切りにするよう、我々に手配を命じられました。レックスさまとご同行されることで不必要な注目を浴びて楽しめなくなるのは可哀想だと思われてのことです。また、お嬢さまをお一人で図書館に頻繁に通わせるのも心配だからと、お嬢さまが選ばれたものはすべて購入すると我々に準備を整えさせてもおります。公爵さまがすべてお嬢さまのためを思ってなさっていることです」

案内人の言葉が進むにつれ、フィオナは青ざめて大きく目を見開き、絶句した。

レックスの気持ちは嬉しいが、これは権力と財力の乱用だ。もしもこれ以上の要求をしたらどうするつもりなのだ。

（わ、私がお諫めしなくては……‼）

だがここで彼を諫めるのは具合が悪い。それにフィオナのためにここまでしてくれることは嬉しいのだ。二人きりになったときにと思い直し、フィオナはふと気づいて案内人に問う。

「……もしかしてあなたは、この図書館でとても地位の高い方なのでしょうか……」

「恐れ入ります。館長を務めております」

くらり、とフィオナは目眩《めまい》を覚えた。

館長の話術にはまってしまい、気づけばワゴンは二つになっていた。一体どれだけの金額になったのか、想像するだけでも恐い。だがレックスは大して気にもせず、どんな本を選んだのかとワゴンの中身に興味を持ってくれる。

とはいえ、レックスも気になった作品を二人で寄り添って読みながら過ごす時間は、想像以上に穏やかで優しいものだった。レックスとは読む速度が大体同じらしく、フィオナがページをめくろうかなと思ったときに軽く頷いて先を促してくれる。

面白い場面や心を打つ言葉などを見つけると、フィオナは積極的にレックスに話しかけた。相変わらず相槌の方が多かったが、彼はそんな様子を楽しそうに見守ってくれる。レックスと同じ感銘を受けたところがあると、とても嬉しくなった。

館長は必要以上に関わることをせず、部屋の隅でこちらを見守ってくれている。それは護衛も同じだった。気づけばあっという間に帰宅予定時刻になっていた。

そろそろ帰ろうと促せば、レックスはもういいのかというような目を向けてくる。フィオナが望めばずっとここにいてもいいと言いそうだ。

（甘やかしすぎです！）

心の中で叫ぶに留め、フィオナは館長と護衛に見送られて馬車に乗り、レックスとともに帰路につく。フィオナの隣に座り優しく抱き寄せたレックスは、髪や頭頂に軽くくちづけながら言った。

「とても楽しい時間が過ごせたようで良かった。俺も楽しかった」

「はい、ありがとうございます。ですが一つだけ……」

見返してくる瞳がわずかに緊張する。何を言われるのかと身構える空気があった。

「レックスさまを嫌いになったわけでも今回のお出かけが嫌だったわけでもないですが」

「……何か不満があったのか……」

「はい。レックスさまは私を甘やかしすぎます」

思いきってそう言う。今を逃したらもう二度とこの件について文句など口にできなそうで、勢いに乗って続けた。

「私のために心を尽くしてくれて嬉しいです。ですが私は田舎領地の、伯爵といっても王都ではずいぶん下位になる立場で、領民とたいして変わらない生活をしてきた身の上です。レックスさまの立場と財産を、私を喜ばせるために際限なく使用してしまうのは問題だと思います。私を甘やかしすぎてはいけません！」

「……甘やかし……ているのか、俺は……？」

「はい！　もうこれ以上はないほどに！」

レックスは愕然とした表情で口元を片手で押さえる。何かひどく衝撃を受けたようだ。

「俺が……悪いのか。いや、そうだな。俺が悪いんだ……」

「悪いとか悪くないとかではなく、加減をして欲しいとお願いしています」

「加減……俺が行きすぎているのか……？」

こくり、と再度頷く。レックスがますます目を瞠った。

「……すまない。まるで自覚がなかった……」

あまりにも自分とレックスの金銭感覚が乖離《かいり》していて、フィオナも愕然としてしまう。

だが感覚がずれているのならば、すり合わせればいいだけだ。わかり合えないわけではない。

フィオナはレックスの手を取り、強く握った。

「とても嬉しいことは本当です。だからそんなふうに落ち込む必要はありません。あの……上手く言えなくて申し訳ありません……」

とにかく不必要な気持ちのすれ違いだけはしたくなくて、フィオナは懸命に言葉を重ねる。

レックスは真摯な眼差しでそれを聞いていたが、やがて小さく頷いた。

「わかった。甘やかされすぎると居心地が悪いということで……合っているか？」

ぶんぶんと勢いよく頷く。レックスが安堵の息を吐いた。

「そうか。君が俺を嫌いになったのでないのは良かった……」

「偉そうな言い方になってしまって申し訳ございません。でも、やはり甘やかしは駄目です。私が贅沢ばかりするようになって万が一にも公爵家の財産が底をついてしまったら、使用人たちのお給金などが払えません。財政は安全にしておかなければ……！」

嫡女の自分がしっかりしていなかったから、アビントン領は財政難に陥っているのだ。己の不甲斐なさを噛み締めながらの言葉には、重みがある。

レックスが安心させるようにフィオナを抱き締めた。

「君の贅沢くらいで我が公爵家が破綻することはないが」

「それでもです。何が起こるかわかりませんから、必要以上の贅沢はいりません」

ふ、とレックスの唇が淡い微笑の形を作る。そして身を乗り出し、くちづけてきた。

「……ん……っ？」

軽く啄むくちづけのくすぐったさに肩を竦めた直後、レックスの舌が口中に入り込んできて、あっという間に深く激しいものに変わってしまう。

どこか切迫した仕草に驚いて反射的に逃げ腰になるが、抱き締める腕が強くて抜け出せない。しばらくすると頭の芯が蕩けてきて、レックスの胸にもたれかかってしまう。結局、彼が満足する間でたっぷりと唇を味わわれてしまった。

「……きゅ、急に……どうされ、て……っ」

自分に慣れてくれるようにと折を見ては触れられている。だがそれは大抵二人きりで、室内にいるときだ。往来を緩やかに走っていく馬車の中でのような——ある種、人目が憚られるところで触れてくることはなかったのに。

レックスが大きく息を吐く。くちづけは止まったが、彼の吐息の熱がはっきりとわかるほどの至近距離だ。

「急にすまない。今の君がとても可愛く……そう、魅力的に見えたんだ……」

恋人が自分にときめいてくれたことは嬉しかったが、原因がさっぱりわからない。厚意を断り、無駄遣いしないで欲しいと叱責したというのに。

レックスが愛おしげに髪を撫でながら微笑する。困惑の表情が面白かったらしい。

「俺に近づく者たちはまず、俺の権力や財力を得ようとする者ばかりだった。無駄遣いをするなと俺を叱ったのは君くらいだ」

「……も、申し訳ございません……！　本当に他意はなく……っ」

「わかっている。間違いなく俺はこれからも君に対しては行きすぎてしまうと思う。気疲れするようならば、遠慮なく叱ってくれ。つまらないすれ違いで君を失いたくはない」

これまで生きてきた世界があまりにも違っているから、どうしても考え方や見方の違いは出てきてしまう。それをレックスは素直に受け止めてくれ、すり合わせることを厭わない。

生活環境や生い立ち以前に、そもそも違う人間同士だ。わかり合うには言葉を交わし、触れ合うしかない。それを怠ってはいけないとフィオナは嫡女として両親に教えられていたし、自身も領民との交流で学んできた。

「ありがとうございます。レックスさまも私に不満や疑問があったら教えてください」

「不満はない」

「今はなくてもいずれ出てくるかもしれませんから」

「俺が君に不満を抱くことは、絶対に、ない」

力強く断言され、フィオナはそれ以上何も言えなくなってしまう。いっそ盲目的とすら思える言葉だったが、嬉しかった。

目元を赤くして礼を言うと、レックスからは柔らかな笑みが返されてドキリとした。

そのまま端整な顔が近づいて、くちづけられる。柔らかな唇の感触と口中を優しく嬲《なぶ》ってくる熱い舌の動きにとろりと瞳を閉じて受け止めた直後、小石でも踏みつけたのか、馬車が大きく揺れた。

もちろんレックスが抱き締めてくれていたから、座席から落ちることはない。だが馬車の外は人々が行き交う往来だと気づくと、いけないことをしている気持ちになってしまった。

レックスのくちづけは深く官能的になる一方だ。このままではいけないと、フィオナは彼の胸をそっと押し返す。

びく、とレックスが動きを止めた。

「……すまない」

「い、嫌ではなくて……！　ここは馬車の中、ですから……」

一歩外に出れば往来だと続けると、レックスは今、それに気づいたように瞳を瞬かせた。

そして気まずそうにフィオナから顔を離す。……それでも抱き締める腕は解かれない。

「……場所も時も忘れて急に君が欲しくなるときがあるのはどうしてか……」

困惑にきつく眉を寄せながらレックスが独り言ちる。それほどまでに求められることの喜びに内心で打ち震えながら、フィオナは慌てて言った。

「そんなに欲しがってくださることは、とても嬉しいです。で、ですが人目のあるところでは恥ずかしいですし、倫理的にもどうかと思うので……それ以外ならば大丈夫です」

直後、レックスが勢いよくこちらを見返してきた。

「二人きりのとき、誰にも見られていない場所でならばいいということだな？」

「そ、そうなり、ます……ね……？」

「わかった、ありがとう。ならば帰宅するまで耐える」

「はい。ありがとうござい……ま……」

ああっ！　とフィオナは失言に気づき、声にならない叫びを上げた。それはつまり、屋敷に戻って部屋に籠ればば好きなだけくちづけをしていいと言っているのと同じだ。

焦って認識違いを正そうとするが、帰宅後にたっぷりと触れ合える喜びと期待がレックスから伝わってきて、恥ずかしい程度の理由では拒めそうになかった。

（何より私も……レックスさまとの触れ合いを、望んでいるのだもの……）

屋敷に到着すると、大玄関で恐縮顔のローレンスが待っていた。急ぎの書状があるらしい。

嫌な顔もせずレックスは頷き、上着を脱いで使用人に渡しながらフィオナに微笑みかけた。

「すぐに片付ける。寛いで待っていてくれ」

フィオナは真っ赤になりながらも頷いた。それが終わったらレックスと触れ合うということだ。

シャツの袖口をまくりながら、レックスはローレンスとともに執務室に向かう。歩きながらも短い会話を取り交わしていて、もう意識は仕事状態に切り替わっていた。

使用人がフィオナに近づき、寛ぎ用のドレスに着替えることを促しながら微笑みかけた。

「レックスさまとのお出かけは、楽しかったですか？」

「ええ、とっても！」

はにかみながらも笑顔で答える。それはようございました、と彼女は先導する。

そして決して興味津々の様子は見せずに今日のやり取りを聞き出してくれた。フィオナも誰かに聞いて欲しかったから、嬉しかった。

和やかにおしゃべりを楽しみながら着替えを終えると、夕食の時間まで少しあるからと茶を淹れてくれた。それを味わっていると、レックスにも差し入れたくなった。

早速厨房に向かって茶を淹れ、執務室に向かう。控えめにノックすると、数瞬の後、ローレンスがそっと顔を見せた。

「お茶をどうもありがとうございます。そしていいところにいらっしゃいました。とても貴重なものをご覧になれますよ。どうぞ」

囁くような声でローレンスが言ってトレーを引き取り、音を立てないように扉を開いた。戸惑いながらも中に入り、フィオナは軽く目を瞠って立ち尽くした。目の前の光景がすぐには受け止めきれず、茫然とする。

ローレンスは来客対応用のテーブルにトレーを置き、静かに笑った。

「僕でもまだ一度しか見たことがありません。今日のお出かけはレックスさまご自身が色々と考えて手配されていましたから……成功して気が抜けてしまわれたのだと思います」

（気が抜けるなんてこと、レックスさまにも起こるの……？）

レックスは来客対応用のソファに座って腕を組み、軽く俯いて目を閉じていた。あまりにも落ち着いた呼吸音と眉をわずかに寄せたいつもと同じ険しい表情のせいで今にも目を開けるような感じがしたが、確かに眠っている。

自然と愛おしさが溢れ、フィオナは微笑む。ローレンスが一礼し、退室した。

起こすのは可哀想だ。フィオナは周囲を見回し何か掛けるものを探す。開き戸の棚の一つにひざ掛けを見つけ、それをレックスに掛けてやった。

そして起こさないように気をつけながら彼の隣に座る。その拍子にレックスの上体が傾いた。慌てて支えるが咄嗟のことで上手くできず、レックスの頭が膝まで落ちてしまう。

ここまできたら膝枕をしてあげようと、フィオナは四苦八苦しながらレックスをソファに寝かせた。起きるほどではなかったが眠りは浅いようで、優しく促せば彼が自分でそこそこ動いてくれたのだ。

肘置きから足を伸ばして横たわったレックスの頭を膝の上にきちんと乗せ終わり、ホッと息を吐く。いつも見上げるばかりの険しくも端整な顔を見下ろすことに役得感を覚えた。

(……眠っているときも、眉間に皺があるわ……)

フィオナはくすりと笑い、指先で眉間を優しく撫でる。レックスが軽く息を詰めたので慌てて手を離したが、起きる様子はなかった。ならばもう少し触れてもいいだろうか。

レックスにふいに触れられるときはまだ身を強張らせてしまうときが多いが、自分から触れるぶんにはそれがない。それに彼の顔をまじまじと遠慮なく眺められるのも楽しい。普段は眼光鋭い険しい表情をしているから気づきにくいが、彼は中性的な綺麗な顔をしている。

(女性のような感じは絶対にしないのだけれど……お母さま似なのかしら。それに髪もサラサラ……少し羨ましくなるわ)

さっぱりと整えられた黒髪を撫でると、気持ちがいい。艶があってサラサラしていて、指通りがとてもいいのだ。ずっと撫でていたくなる。

(レックスさまが私を撫で続ける気持ちが、わかったような気がするわ)

ふふふ、と声に出さずに笑い、髪を撫で続けながらこれまでに交わしたやり取りを思い出す。やがてレックスの声が聞こえた。

「……これはどういうことだ……？」

低く呻くような声に慌てて見下ろすと、レックスが強く眉を寄せ、むっつりと唇を引き結んでいる。綺麗なアクアマリン色の瞳には困惑の色合いが見て取れた。

戸惑うレックスの様子がなんだか可愛らしく、フィオナは微笑んで答える。

「転寝《うたたね》をされてしまったようで……夕食までまだ少し時間があります。時間が来たら起こしますから、寝室でどうぞお眠りになってください」

「……転寝だと……？　……不覚……」

少しぼんやりとした、それでも強張った声でレックスが呟く。フィオナはさらに笑ってしまいそうになるのを堪えながら立ち上がろうとしたが、彼が動かないので、できない。

「……レックスさま？　あの……立ち上がれません」

「……もう少しこのままでいては駄目か」

これは膝枕を強請《ねだ》られているのか。フィオナが照れながらも頷くと、レックスがじっとこちらを見上げて問いかけた。

「先ほどまでとても気持ちが良かった。何かしたのか」

一瞬たりとも目を逸らすことなく見つめられながら問われる。思いつくのは一つだけだ。

「……髪を撫でていたからでしょうか？」

レックスがわずかに目を細める。その仕草で彼に無断で触れてしまったことに気づいた。レックスはいつもフィオナに触れるときには態度や言葉で教えてくれているのに。

「も、申し訳ございません。勝手に触れてしまって……」

「構わない。君なら俺のどこに触れてもいい」

その言い方が妙に色気を含んだものに感じるのは、心が汚れているからだろうか。顔を赤くすると、レックスが俊敏に身を起こした。

「どうした」

あっという間に位置が変わり、フィオナはレックスの膝上で横抱きにされる。彼の右手が額に押し当てられ、熱を測り始めた。素早い。

「熱はないようだが、顔が赤い。医師を呼ぼう」

「ち、違います。熱はありません。い、今のお言葉に、ドキドキしてしまって……」

「……変なことを言ったのか、俺は……？」

「い、いえっ、そんなことは……た、ただ……その、私が同じことを言ってみますね」

先ほどの言葉を自分用に変えて口にすると、レックスが軽く息を詰め、片手で口元を覆った。続けてフィオナはそのときに感じた気持ちを伝える。

「……確かにいやらしい……だが、嬉しい言葉でもある」

「私も同じでした。すべてを委ねてもらえているという感じが嬉しいです」

「ああ、そうだ。偽りなき気持ちだから、自然と口にしたんだろう。……俺のすべては君のものだ。好きにしてくれて構わない。君だけに許された特権だ。好きなように触ってくれ」

熱烈な告白のようだ。フィオナはますます顔を赤くして、レックスにはにかむ。

笑みこそなかったが目元に甘さを滲ませたレックスがフィオナの手を取り、自分の唇に触れさせた。

薄い唇から伝わってくる体温に、反射的に震えてしまう。レックスが舌先を少し出して、フィオナの指先を舐めた。熱くぬめった感触にもまた震える。

「俺に、触ってみるか」

「……えっ⁉」

「いつも俺ばかりが君に触れている。たまには君も触れてみたらどうだ。俺の身体をよく知れば、怯えもなくなるかもしれない」

一理あるかもしれない。フィオナは勇気を出して、まずはレックスの腕を触ってみた。

男女の違いはもちろん、服越しに感じられる鍛えられた肉体の感触にドキドキしながらも、

（わ……引き締まっている……）

純粋な好奇心に背中を押されてレックスの上半身をあちこち撫でてしまう。

普段から濃い色合いの服が多いことと無駄な筋肉がついていないスラリとした長身のせいで、屈強さをイメージしにくい。多忙な毎日の一体どこで鍛錬の時間を取っているのかと不

思議に思うが、服越しの身体は硬く厚かった。

(この身体がいつも、私を抱き締めてくれて……)

時には包み込むように優しく――時には我慢に耐えかねて荒々しく抱き締めてくれる。男の力も高位の権力も立場も一切振るわず、フィオナの強張りが解けるのを根気強く待ってくれている。大切にしてくれているのだと改めて感じると、自然と愛おしさが募った。

(もっと触れ合うことも、もう大丈夫なのでは……)

くちづけられて胸を弄られることに、怯えはもうない。羞恥で強張ってしまうときも、レックスの愛撫が続けば徐々に解ける。

だが最近は愛撫の最中で彼が欲望を耐えている様子が――以前よりもずっと多く、しかも強く感じられるようになっていた。

(レックスさまだけ我慢し続けるのは不公平だわ。レックスさまも言っていたでしょう。触れ合うことは、お互いが求め合うからこそすることで……)

触れられるのがまだ怖いからとレックスに我慢を強いるのは、フィオナの押しつけだ。湧いてきたこの勇気を逃してはならない。これを逃したらまた羞恥で怯んでしまい、彼に我慢させてしまう。そして彼はそれでもいいと険しい表情で、けれども優しい瞳で言ってくれるだろう。フィオナは勢いよくレックスを見上げた。

だが意外にもレックスは非常に困った顔をしていた。といっても表情の変化はほんのわずかなのだが。

「……すまない。俺から言い出しておいて悪いが、これはやめよう……」

「どこか痛くしてしまいましたか⁉」

慌てて手を離すと、レックスが首を緩く左右に振った。

「それはない。君の手は気持ち良かった。だがそのせいで……すまない。俺のものが、昂ってしまった……」

反射的に視線を落とせば、彼の股間部分が膨らんでいる。

ただ撫でただけでこの状態とは、それだけ悦んでもらえたのか。嬉しさがさらなる勇気を呼び起こす。

「すまない、これ以上はもう……フィ、オナ……っ？」

さす……っ、と優しく股間の膨らみを撫で上げる。レックスが驚くほど顕著に震え、身を強張らせた。

そこが男性の感じる場所だと知っている。フィオナの感じる場所と同じように、愛しい者に触れられればとても気持ち良くなるところだ。

「……待て……っ」

レックスがフィオナの手首を摑み、股間から引き離した。予想以上の強い力で、痛みすら覚える。

慌てて見返すと、いつもは瞳の奥底に辛うじて沈んでいる欲情の焔が、今ははっきりとわかった。少々怯んでしまう。

「……どういう、つもりだ……」

呻くように問いかけられ、今更ながらにはしたない行為だったのだと気づき、フィオナは羞恥と申し訳なさで身を縮めた。喜んでもらいたいからと調子に乗りすぎてしまったのだ。

「レックスさまにいつも気持ち良くしてもらっているので……お返ししたいと……」

レックスが深く長く息を吐き出す。

「……そう、か……君の気持ちは嬉しいが、そこに迂闊に触れるのは止めてくれ」

「申し訳ありませんでした……」

「違う。俺が我慢できなくなるからだ……」

摑んだ手首を離さないままで、レックスが苦く顔を顰めて言う。その言葉を聞いて、鼓動がことさら大きく跳ねた。

「我慢しなくても……いいのです」

気づけば消え入りそうな声でそう言っている。

これもはしたない。調子に乗っている。そうとわかっていても伝えたくて堪らなかった。

レックスが大きく目を瞠り、はっきりと驚愕の表情を見せた。

「……理解して、言っているのか……？」

レックスの手に、さらに力が籠る。フィオナは顔を赤くしながらもしっかりと頷いた。

「わかっています。もう……大丈夫です。いえ、大丈夫になったと確認したいのです。だからレックスさまに――あなただけに、触れて欲しい……」

直後、レックスがフィオナに食らいつくほどの勢いでくちづけ、強く抱き締めてきた。頭の芯が蕩けるほど気持ちがいいが、同じほど息苦しい。舌を搦め捕られて強く吸われ、窒息しそうだ。

「……ふ……ん、んん……っ」

目眩を覚え、レックスの胸に倒れ込む。彼が我に返り、慌てて唇を離した。

「……すまない！」

「……へ、いきです……少し、驚いただけ、で……」

胸を大きく上下させながら、フィオナは小さく笑いかける。レックスが軽く息を詰め、内圧を下げるように深く息を吐き出した。

欲望をありのままにぶつけようとするのを必死に堪えているのがわかる。フィオナは安心させるように微笑みかけながら続けた。

「レックスさまが私を大切にしてくださるのがよく伝わってくるから、レックスさまのすべてを受け止めたいのです。これは我慢でも苦痛でもありません」

レックスはフィオナの言葉を心の中でじっくりと吟味しているのか、無言だ。

視線はこちらから一瞬たりとも離れず、その威圧感は凄まじい。さすがのフィオナも身が竦みそうになるが、真っ直ぐに彼の目を見返して答えを待った。

やがてレックスがきつく眉を寄せて言う。

「……君の気持ちはわかった。とても嬉しい。だが……俺の理性が持つか、わからない……君もあの男とのことでわかっているだろう。欲望に呑み込まれたら、男は獣になる。俺がそうならないという保証はない。それだけ、君が欲しくて堪らないのだから」

(この方は……‼　とんでもない殺し文句を真面目に仰るのだから……‼)

「か、構いません。好いた方にされるのならばそれはすべて快感です。……た、ただ私はレックスさまが初めての人なので……い、色々と手間取らせてしまうかと思います、が……」

レックスがおもむろに片手で目元を覆い、天を仰ぐ。

「……君は発言に気をつける、べきだ……！」

それはレックスも同様では？　と頭の片隅で思ったものの、反射的に謝ってしまう。レックスが溜め息を吐きながら微笑んだ。

苦しげなのは変わらないが、おかげで妙な緊張感を孕んでいた空気が解れた。

レックスが改めてくちづけながら、フィオナを軽々と抱き上げた。

啄むそれはすぐに深く官能的なものに変わり、否応なく求められていることを感じさせる。

下腹部の奥に熱い疼きが生まれ、懸命に舌を搦め返しながらフィオナはレックスの胸元を握り締めた。

（……こ、これから、レックスさまに……）

順当な手順とはだいぶかけ離れているが、それでも彼に応えたい気持ちが躊躇いを上回る。

執務室の隣は彼の私室、寝室と続き、すべてが内扉で繋がっている。くちづけを止めないままレックスは寝室までフィオナを抱き運び、そっとベッドに下ろした。

心地良い弾力と肌触りのいいシーツの感触を受け止めて、鼓動がますます速くなる。レックスが唇を離して軽く息を吐き、フィオナの上に覆いかぶさってきた。

求められる喜びの方が強くとも、やはり未知の体験を前にかすかに震えた。レックスはフィオナの頬を片手で優しく撫でた。

「よ、よろしくお願いいたします……！」

何をよろしくするのだ、と心の中で突っ込んでしまう。レックスが苦笑した。

「ああ。俺の方こそよろしく頼む。だが今回は少し先に進むだけだ」

「……少し先……と、は……？」

「君が欲しいが……婚儀の前に結ばれるのは、君のためにならないだろう」

欲望を最後まで耐えてくれるのか。フィオナの心がきゅんっ、と疼く。

「ありがとうございます。……レックスさま、好き……」

溢れる想いのまま、気づけばそう口にしている。レックスが嬉しそうに目元を緩めた。

「俺も君が好きだ。だから今日は……また少し君を味わうだけで、我慢、だ……」

己にそう言い聞かせるレックスの大きな手が、フィオナの全身を優しく撫でてきた。

温かくて気持ちがいい。時折与えられる優しいくちづけをうっとりと目を閉じて受け止めながら、彼の手に身を委ねる。

腰のくびれを丸く撫でていた手が、さらに下った。スカートをたくし上げ、薄い絹の靴下で包まれた足を、ふくらはぎからゆっくりと奥に向かって撫で上げる。

「……ん……っ」

肌がざわつくような快感を覚え、フィオナは反射的に身を強張らせる。まだ触れられたことのない場所だ。本能的な怯えを滲ませて見返せば、安心させるように柔らかなくちづけが与えられた。

「気持ち良くするだけだ。……いいか？」

小さく頷くとレックスが手を進め、内腿を撫でた。

太腿の真ん中辺りにある靴下止めを通り過ぎ、薄く頼りない下着に包まれた部分まであっという間に辿り着く。寛いだ格好になっていたから、ドロワーズもパニエも身に着けていなかった。

スカートは腰まで上げられ、撫でられた左足がむき出しになる。羞恥で反射的に足を閉じようとすると、それより早く太腿の間にレックスが身体を入れ込んできた。

「……あ……っ」

思わず逃げ腰になったせいで、膝を軽く立ててしまう。レックスの引き締まった腰を挟み込むような格好になり、羞恥で真っ赤になった。

熱くなった頬に、レックスの唇が触れる。

「触る、ぞ……」

「……は、い……あ……っ」

レックスの手が、薄布越しに恥丘に押し当てられた。自分でもまともに触れたことが少ない場所に他人の温もりを感じ、フィオナはわずかに息を詰める。すぐにレックスが宥めるようにくちづけを与えてきた。

「……ん……ん……っ」

掌が円を描くように恥丘を撫で始めた。

恥ずかしいのに気持ちがいい。フィオナはくちづけの合間に小さく喘ぎを漏らした。

しばらく撫で続けられると羞恥も快感にくるみ込まれ、強張りが溶けていった。レックスの唇が穏やかに離れていき、何となく物寂しくなって瞳を開き、追いかけてしまう。

ふと、レックスの瞳に宿る情欲の焔が濃くなった。直後、フィオナは小さく喉を鳴らす。

「……ひ、う……っ？」

薄い布地越しに、硬い指先で蜜口を撫でられた。上下にゆっくりと、割れ目の深さを確認するように指が動く。

「大丈夫か……？」

異物感に驚いて身を竦めたのはわずかの間だ。すぐに甘い心地良さが全身を巡り、蜜口がしっとりと濡れてくる。

「は、い……平気、です……」

（あ……私、感じて……恥ずかしい……っ）

服の下では乳首がつんと尖り、乳房が張っていく。目元を赤らめ、フィオナは目を伏せた。

「無理は絶対にするな。不快なことがあれば教えてくれ。……君をよくしたい」

レックスは指を動かしながら、ずっとこちらを見つめている。フィオナの変化を一瞬たりとも逃さないためにじっくりと見ているのだろうが、それが羞恥とともに快感も高める。

滲み出した愛蜜でぬるついた生地も指に合わせて花芽や花弁を擦り、もどかしい。

レックスの硬い指が中に入りたげに布地を押し込んでくる。浅く沈む指の感触に、びくん、と腰が震えた。

「あ……っ」

甘く蕩ける喘ぎが零れてしまう。レックスが驚いたように軽く目を瞠ったが、すぐに深くくちづけてきながら指を激しく動かした。

「……ん……んぅ……っ？」

まだ控えめに奥に隠れていた花芽を探り出し、布地越しに摘まんで優しく擦り立ててくる。

フィオナは目を瞠った。レックスと目が合い、唇が離れる。

「……痛くは……ない、か……」

「は、い……大丈夫、です……」

「では……気持ちがいいか……？」

掠れた声で問いかけられ、フィオナは恥じらいながらも何度も小さく頷いた。

レックスは安堵の息を吐きながらも、指は止めない。それどころか今度は摘まんだ花芽を指の腹で捏ね回してくる。

「……あっ、あ……それ、駄目……っ」

疼くような甘い快感が、腰の奥に溜まっていく。本能的に逃げ腰になると、レックスが重みをかけて阻んだ。

「なぜだ。君のここは熱く濡れてきている。これは君が心地良くなっている証拠だろう……？」

「で、も……あっ、そ、んなふうに捏ねた、ら……ああっ！　や……っ」

悦んでいることを知られて恥ずかしい。フィオナは真っ赤になって首を小さく左右に打ち振る。レックスが息を呑み、慌てて手を離した。

「すま、ない……っ」

「……ち、違……っ。いいの、レックスさまなら……！　ただ恥ずかしいだけ……っ」

「……なら、もっと触れても……？」

こくこく、と何度も小さく頷く。大きな手が直後には下着を掴み、強引に引きずり下ろして足から引き抜いた。そのまま床に放り捨ててしまう。

これまでとても優しく紳士的だったのに急に荒々しくされ、驚いてしまう。だが嫌悪感も恐ろしさも、驚くほどなかった。ただ彼の我慢の限界が来たのだとわかって嬉しいだけだ。

こんなにも素敵な人が、自分を欲しがってくれている。

「乱暴にしてすまない……だが、もう……っ」

レックスが改めてくちづけながら、指で直接蜜口を撫で始めた。思っていた以上にそこは愛蜜で濡れていて、撫でられただけでくちゅくちゅ、と淫らな水音が小さく上がる。

恥ずかしい。こんなにはしたない反応をして、淫らな女だと呆れないだろうか。そう思うが口中で暴れる彼の舌は、悦びを示せば嬉しそうに勢いづく。

愛蜜をすくい取り、花芽に塗り込められる。自分の指にもたっぷりとそれを纏わせると、今度は直接摘まんで指の腹で擦り始めてきた。

先ほどのフィオナの反応から、感じる場所だと気づいたようだ。執拗なまでにぬるぬると擦り立てられ、堪えきれなくなって上げる喘ぎすら、レックスは味わって飲み込んだ。

やがて蜜口が綻び始める。レックスはわずかに唇を離し、こちらの様子を窺いながらそっと指を奥に潜り込ませていく。

「……あー……っ」

　初めての異物感に慄きながらもフィオナの腰は自然と軽く反り、彼の指を奥へ導くように体位を整えていた。レックスの指は狭い蜜壺の奥を目指して少しずつ進んでいく。

「……フィオナ……フィオナ、大丈夫か……？」

「……だ、いじょう……ぶ……です……あぁ……っ」

「だが、とても狭い……これでは俺を受け入れるなど、とても……」

　慄くようにレックスが呟く。

　蜜でたっぷりと濡れたそこは確かに狭くはあったが、愛しい者の指を嬉しそうに飲み込んでいった。それは何よりもフィオナ自身がよくわかっている。

「……大丈夫、ですから……そのまま、来てください……んぅ……っ」

　心配そうに眉を寄せながらもレックスは蠕動《ぜんどう》する膣壁に逆らわず、蜜壺の中に指の根元まで納めきる。そしてひどく感じ入った表情で、嘆息した。

「君の中はとても熱くて気持ちいい。指だけでこれならば、君と一つになったときは……」

　早く抱きたい、と続けそうに呟いて、指を受け入れてくれたことへの感謝のくちづけを顔中に与えてくれる。そしてフィオナの身体の強張りが緩むと、指をゆっくりと出し入れさせた。

くちゅくちゅ、と小さな水音が上がり始める。喘ぎが零れそうになり、慌てて唇を強く引き結ぶ。だがその唇を、レックスが優しく舐めた。

「……あ……っ」

「声を抑えないでくれ。君が感じているのを確かめたい。俺が上手くやれているのか……」

そう言われてしまうと引き結んだ唇を緩めてしまう。

漏れる喘ぎにレックスは満足げに目を細めた。フィオナを可愛がるときは彼の表情は常から想像できないほど豊かだ。

「ああ……夢の、ようだ……君の一番奥深くまで触れられるなんて……」

レックスの声は低く、甘い。こんな蕩けた声で囁かれたら、それだけで感じてしまう。

「……ん……っ！」

フィオナの心に反応して、蜜壺がきゅっ、と締まった。レックスは軽く目を瞠ったもののすぐに嬉しそうに吐息だけで微笑み、指の動きを徐々に激しくしていく。

熱く濡れた膣壁を指の腹で擦り、感じる場所を探っていく。ビクリと震えて反応したところは、その場所を覚えるかのように執拗に愛撫された。

ときには激しく突かれ、ときには浅い部分を優しくかき回す。気づけば指がもう一本潜り込み、淫らな水音も大きくなった。

レックスも夢中になって指を動かしている。まるで彼の男根を挿入されているような錯覚

に陥る。

「……あ……あっ？　あぁっ！」

不意に親指が花芽を擦り、フィオナは大きく喘いで仰《の》け反った。レックスの下から逃げることができず、彼の引き締まった胸に乳房を自ら押しつけてしまう。

「……ああ……一緒に可愛がると気持ちいいんだな……？」

「……あ、駄目……駄目です……っ！　一緒は……あっ、あぁ……っ‼」

制止を聞かず、レックスはこちらをじっと見下ろしながら蜜壺の中と花芽を同時に攻めた。せめて淫らに喘ぐ顔を見ないで欲しいと思うのに、一瞬たりとも目を離さない。それどころかアクアマリン色の瞳の奥に潜む獣性が強くなっていく。

（ど、うしよう……私、何か……へ、ん……っ）

だんだんと意識が蕩け、気持ちいいという感覚しか残らない。そしてそれは強まる一方だ。

「……レ、ックス……さま……っ」

目の前に迫るものに慄きを覚え、フィオナは思わず縋りつくように名を呼んだ。

「……どこか、痛くしてしまっている、か……？」

レックスの声はひどく掠れていた。それも魅力的で感じてしまう。

「ち、が……私、何、か……変で……変に、なってしまいます……っ」

レックスが困惑に眉を寄せた。だがすぐに何か理解したらしく、優しいくちづけをくれる。

「構わない。変になれ」

　そう言って、これまで以上に激しく指を動かした。じゅぷっ、じゅぷっ、と愛蜜の雫をまき散らすかのような指の抽送に、フィオナは喘ぐ。

「……あ……っ、あ、あ……っ、あー……っ‼」

　腰の奥に溜まっていた疼きがどんどん強くなり、フィオナはレックスの腕を掴んで大きく仰け反った。同時に彼の指が、最も感じる膣壁の上部を強く押し上げた。

「……っ‼」

　初めての絶頂を迎え、蜜壺がレックスの指をきつく締めつけた。

　腰をせり上げて身を強張らせたあと、フィオナはぐったりとシーツに沈み込む。愛蜜がこれまで以上に溢れ、レックスの掌まで濡らした。

「……ふ、は……ぁ……っ」

　呼吸が整わず、フィオナは胸を激しく上下させ、茫洋とした瞳から快楽の涙を零す。

　レックスは中の締めつけを堪能してから、名残惜しげに指を引き抜いた。ちゅぷん……っ、と引き抜かれた感触にすら震えて喘いでしまう。

　蜜で濡れた指をしばし見つめたあと、レックスはぺろりとそれを舐めた。そんなものを舐めるなんて、と仰天するが、すぐには声が出ない。

「これが、君の味か……」

躊躇いがないどころか愛おしげに蜜を丁寧に舐め取り、レックスが感慨深げに呟く。

「次は、直接味わいたい」

「だ、駄目です……！　そんな……そんなこと……っ」

フィオナは涙目で首を左右に打ち振る。レックスが苦笑し、頬に優しくくちづけた。

「わかった、今日はもうしない。だが次はさせてくれ」

「は、恥ずかしい……ですから……っ」

「しかし君は俺が初めての男だ。ここをきちんと解しておかないと辛いと聞いている。俺は君をわずかでも傷つけたくない」

そう言われてしまうと頷くしかなかった。レックスが小さく苦笑する。

「大丈夫だ。少しずつしよう。君が羞恥を忘れるほどの快楽を与えられるよう、俺も励む」

己の欲望をできる限り抑えて常にフィオナを優先してくれるのが嬉しい。だがその優しさに甘え続けるだけでいいのだろうか。

「さあ、夕食の時間だ」

言われてサイドテーブル上の時計を見れば、いつもの夕食の時間だった。慌てて身を起こすが達したばかりで上手く力が入らずよろけ、レックスに支えてもらう。そして軽々と抱き上げると彼はフィオナの部屋に向かった。

「下着を汚してしまった。まずはそれを取り替えてから食堂に運ぶ」

「ひ、一人で歩け……」

「もう少し君と密着していたい」

欲望を隠さない瞳で見つめられながら請われれば、反論などできるはずもない。かあああ、と耳まで真っ赤になりながら、フィオナは彼の腕に身を委ねる。

（そ、その言い方は……ずるい、です……っ!!）


観劇に行く日が決まり、レックスは休日を確保するために少し忙しくなってしまった。無理をさせているのではないかと心配したが、フィオナとの観劇というご褒美を前に彼自身のやる気は凄まじく、ローレンスが先に疲労困憊状態になってしまったほどだ。

楽しみにしている様子を見ればフィオナも令嬢教育にますます熱が入り、所作やドレスの着こなしなどがますますよくなってきたと教師たちに褒められた。

観劇前日は楽しみでなかなか寝付けなかった。これでは小さな子供のようだと苦笑してしまう。とはいえ睡眠不足でレックスに余計な心配をさせてはならないと、眠気を誘《いざな》う温かいものでも飲もうとフィオナは部屋を出た。

――何やら屋敷がいつもより騒々しい。レックスが帰ってきたのだろうか。

少し仕事が立て込んでしまい帰宅は夜半になりそうだと、王城からの使者で知らされている。出迎えはいいから寝ているようにと言われていたが、フィオナの出迎えをレックスはいつもとても喜んでくれるのだ。

厨房ではなく大玄関へと向かうがその途中の居間にレックスはすでにいて、開かれたままの扉から使用人が慌ただしく出入りしていた。ローレンスが険しい表情で使用人にあれこれ指示を出している。

（何かあったの……⁉）

ソファに座ったレックスの傍にローレンスが跪き、使用人から渡された清潔なガーゼで彼の手の甲を拭《ぬぐ》っている。そのガーゼに血の色をみとめ、フィオナは悲鳴を上げた。

「――レックスさま‼　お怪我をされたのですか⁉」

「フィオナ、眠っていたのではないのか」

レックスが立ち上がろうとするのをローレンスが止め、手早く傷の手当てをする。フィオナは彼の傍に駆け寄った。

「ローレンスさま、レックスさまのお怪我は……！」

「大丈夫です。少しかすった程度の傷なので、消毒と傷薬で事足ります」

軽傷だとわかってホッと息を吐くと、レックスが安心させるように傷のない方の手でフィオナの頬を撫でた。

「心配してくれてありがとう。起こしてしまってすまない」

「そんなこと……!!　ご無事ならばいいのです」

頬に触れる手を両手で包み込んで首を左右に振る。ローレンスが一礼し、使用人たちとともに退室した。

包帯が巻かれた手が痛々しい。フィオナはレックスの隣に座り、傷に障らないよう気をつけながらその手を優しく撫でた。

「大丈夫ですか……？」

「ああ。刃がかすっただけで大した傷ではない。手当ては大げさに見えるが、もう出血も止まっているし痛みもない。明日の観劇には何の影響もない」

だから予定を取り消してくれるなと、言外で伝えている。楽しみにしてくれていることがわかって嬉しいが、やはり心配ではある。

「どうしてこのようなことに……？」

「どうも俺たちの動きが相手の神経を逆なでしてしまったようだ。帰り道で待ち伏せされた」

物騒な事件に巻き込まれたというのに、レックスは平然としている。瞠った瞳で見返し続けると、レックスが少々ばつが悪そうに視線を揺らした。

「そう驚かないで欲しい。俺にとっては日常的なことだ」

「誰かに傷つけられることが日常的だなんておかしいです……！　誰かを傷つける権利は誰

にもありません。無自覚だったり仕方なくしてしまったりというわけではないのですよね？　ならばそれは、決して許してはならないことです。大した傷ではないからと許容しないでください！」

今夜はかすり傷程度で済んだ。だが次はもっと深い傷を負わされるかもしれない。そんなことになったら――フィオナは身体の芯が冷たく凍りつく感覚を覚えた。

もしレックスが死んでしまうような重傷を負ったりしたら。考えることすら恐ろしい。

彼の口調からすると、本当にさほど驚くことではないのだろう。

（それに慣れてしまっては駄目だわ。何か私にできることは……そうだわ！）

「では、レックスさまは私がお守りいたします！」

異国の言葉を耳にしたかのように、レックスが茫然と目を瞠る。フィオナは力強く頷いた。

「力では敵いませんが、盾くらいにはなれます。私がレックスさまのお傍にいるときは、盾としてお使いください！」

レックスはしばし無言でフィオナを見返し、ゆっくりと二度、瞬きした。そして堪えきれなくなったのか、喉の奥で低く笑った。

フィオナは眦《まなじり》をつり上げる。

「何を笑っていらっしゃるのですか！」

「……女性に守ってやると言われたのは、初めてだ……」

「何もおかしいことではありません！　女は力では男に敵いませんが、他のことでお守りすることはいくらだってできます。そもそも、私はレックスさまに色々と守っていただいているのです。お返しをしたいと思うのは当然ではありませんか！」

「君の気持ちはとても嬉しい。ありがとう」

笑みを消し、今度はとても嬉しそうに——そして感じ入った声で礼を言われる。笑われた怒りは瞬時に収まったが、フィオナはさらに続けた。

「傷つけられることに、決して慣れないでください。普通ならばそれは、あり得ないことなのですよ……」

「君の住む世界はそうだっただろう。だが、俺の住む世界は違う」

凜とした瞳を向けて、レックスは言う。厳しく険しい表情には一瞬息が止まるほどの威圧感があったが、同時に見惚れるほど凜々しかった。

「俺は兄上たちを害する者を決して許さない。もしも俺自身がその害となるならば、俺という存在を滅しても構わない。だから王族を出た」

レックスが王位継承権を放棄し臣下に下った理由は、国民がよく知っていることだ。だからこそ、現在まで無用な王位継承権争いは起こっていない。兄王の忠実な僕《しもべ》として、国王の右腕として、レックスは重用されている。

おそらく今夜の怪我も、その類いの仕事ゆえに狙われたのだろう。

（世界が、違う……）

そんなことは、初めからわかっていた。彼への想いを抱いたときから、住む世界が違う人を好きになっても大変なことにしかならないと己を戒めていたではないか。だがレックスもフィオナを求めてくれたから、違う世界に飛び込む勇気が持てた。

「……すまない」

黙り込んでしまったフィオナの頰を撫でて、レックスがふいに謝ってくる。なぜ急に、と改めて目を合わせると、彼が眉を寄せた。

「君がこれまで生きてきた世界とはあまりにも違うだろう？　……これが俺の世界だ。そこに君を連れていってしまうことを許して欲しい」

だが、だからといって手放す気はないのだと、言外で教えてくれる。

（ああ、本当にどうして……レックスさまの魅力に皆、気づかないのかしら……）

外見や持ち物にばかり目が向き、それ以外は近寄りがたい雰囲気に呑まれて話しかけることもしない。けれどこれほど愛情深く誠実な人がいるだろうか。

フィオナは笑顔で頷いた。

「はい！　ずっとお供させてください」

「供にする気はない。君の場所は俺の隣だ」

「あ、ありがとうございます……」

ちゅ、と、レックスが唇に軽くくちづけてくる。

「だから明日の観劇を中止にはしないでくれ」

そのおねだりにフィオナが否を口にすることはできなかった。

【第四章　心も身体も通じ合わせる夜】

約束の観劇の日、フィオナは精一杯のお洒落をした。

選んだドレスは光沢のある水色の生地で仕立てられたものだ。光の当たる加減によって、時折虹色にも見える。

V字型の襟は深くえぐれたかたちではないものの、肩の丸みや鎖骨を見せるデザインだ。髪は高い位置に結い上げ、後れ毛を少し垂らす。同色のサテンリボンを首に巻き、背後で結んで端を長く垂らした。季節柄少し寒々しい印象を与えるため、会場に入るまでは薄く綿の入った濃茶色のケープを着けた。

レックスは藍色のジャケットに黒ズボン、黒の長靴、黒手袋と、ジャケット以外は黒色に揃えている。彼と寄り添うとフィオナのドレスが特に目立つようになっていた。

レックスも今夜は前髪を上げて撫でつけ、厳しいながらも凜々しい顔立ちを露わにしている。フィオナは使用人たち共々、その精悍な姿にしばし見惚れた。

（本当に素敵……）

「どうした」

　途端にレックスが心配そうに問いかけてくる。フィオナとのやり取りにおいては、出会った頃よりもずいぶんわかりやすく感情が読み取れるようになっていた。

（その分、親しい方以外はまだまだ近寄りがたい雰囲気なのだけれど……）

　こればかりは彼の気質なのだから仕方ない。もっとレックスが素敵な人なのだとわかってもらいたい反面、彼のそういうところは自分だけが独占したくもある。

　なんて身勝手な、と猛省しながらフィオナは素直に答えた。

「レックスさまの盛装姿がとても素敵で、見惚れてしまいました」

「……そ、れは……ありが、とう……」

　レックスが咄嗟に片手で口元を押さえ、ぎこちなく答える。どうやら照れているらしい。

（可愛い、なんて思うのはいけないかしら……）

　気を取り直したレックスがフィオナに改めて向かい直った。

「君もとても綺麗だ。……綺麗だとしか言えない俺を許してくれ。もっと気の利いたことを言えるようにならないと駄目だな……」

「そのお言葉だけで充分です。頑張った甲斐がありました」

　ふふ、と微笑むと、レックスが目を細める。その瞳にじわりと情欲が滲んだ。

「とても綺麗なのだが……すぐに脱がしたい気にもなる。これは何なのだろうな……」

内心で声にならない悲鳴を上げ、フィオナは真っ赤になった。見送りのために控えていた使用人たちも表情に表さないようにしながら、ひどく気まずそうな空気を漂わせる。

「さ、さあレックスさま、参りましょう！」

フィオナは慌ててレックスの手を取り、馬車に促した。

初めての恋だと言っていたから戸惑う気持ちが生まれることが多いのだろうが、こんなやり取りばかりだと照れくさくて堪らない。嬉しいが、心臓が保《も》たない。

馬車で向かった劇場は、王都一の大きさを誇るところだった。最新の設備が備わった舞台を三つ持っていて、今夜はそのすべてで上演が行われるから人の出入りは多い。馬車も次々と門に横づけされ、華やかな盛装をした男女が劇場内に吸い込まれていくようだ。

だがフィオナたちの馬車は大通りから少し離れた場所に位置する、もう一つの出入口に横づけされた。

警護の者も多く、不用意に近づけない。前に馬車が一台、止まっていたが、チケットの確認にずいぶんと時間がかかっていた。

「この出入口は劇場支配人が直接招待した者や、俺たちのようにお忍びで来る者たち用のものだ。人通りも少なく警護とチェックが正面出入口よりも厳しい」

なるほど、と頷き、フィオナはレックスのエスコートで馬車を降り、出入口に向かう。だが先ほどのような確認は一切されず、皆、彼の姿を認めるなり優雅に一礼して先に促した。

（レ、レックスさまご自身が、証明書代わりということね……‼）

すぐに支配人がやってきて、彼自らフィオナたちを席に案内してくれた。

席は三階のボックス席だ。確かに専用廊下と階段には人がほとんどいなかったが、それでも二階席に入ろうとしていた二人組と行き会う。

何気なくこちらを見た男性がレックスを認めて息を呑み、続いてフィオナに視線を移す。それよりも早くレックスがフィオナの後頭部を掌で包み込み、自分の胸に引き寄せた。

顔を見られないようにしてくれたのだとわかるが、急に密着してこられてドキドキする。

会話は何もなく、すぐさま二階席の扉が開閉した音が耳に届いた。二人組はおそらくレックスの一瞥で震え上がり、席に逃げ込んだのだろう。

ボックス席は、三人掛けのソファと丸テーブルが置かれたバルコニータイプだ。ビロードのカーテンもあり、それを閉めれば外から中を覗き見ることは難しい。お忍びにはぴったりの場所だ。

テーブルには冷えたシャンパンとチーズやハム、ソーセージなどを盛り合わせた皿と、他の公演のチラシが置かれていた。バルコニーから下を見れば、一階席に観客が次々と入ってきては周囲と社交しているのがわかる。

時折ちらりと三階席を見上げてくる者もいる。ここで話せる機会に恵まれれば御の字と思っている者たちなのは明らかだった。とはいえレックスが観劇に来ていることはできる限り極秘とされているはずだから、こちらの姿が見えなければ関わってくる者もいないだろう。

三階のボックス席は全部で六つあり、フィオナたちの他に一つだけ使用されていた。

オペラグラスで劇場内を観察している老婦人と、その連れ合いと思われる恰幅のいい老紳士だ。とても仲睦まじい。老婦人が老紳士に何か面白いものを見つけると話しかけ、寄り添いながら会話を弾ませている。見ているだけで口元が綻ぶような仲の良さだ。

（いつか私も、レックスさまとああいう夫婦になれたらいいわ。人生の終盤はアビントン領に生活基盤を移して、のんびりと過ごして……）

——彼とともに生きることを決めたとき、レックスは互いの領地や爵位についての今後のことをフィオナときちんと話し合ってくれた。

本来ならばフィオナが婿《むこ》を取り爵位を継承していくのだが、レックスは兄王の直属の部下として王都を離れることができない。実際、ハーディング公爵としてレックスも王都外に大小の領地をいくつも保有しているが、それは彼自身が選んだ優秀な部下によって管理、運営されている。レックスはそれらの報告を受け、時間を作って時々領地を見て回り、指示を出しているという。

レックスが王都を離れられない以上、アビントン領も彼の領地運営と同じやり方が一番いいと思われた。

婚儀の準備の合間にレックスがフィオナの代行者を選定し、フィオナ自身が面接をして決めつつある。フィオナはレックスよりも王都に縛りつけられることはないため、自分の都合でアビントン領に様子を見に行っていいともレックスは言ってくれた。

やがて生まれる子が領地運営ができるようになったら、すぐに爵位を譲る――そしてエイドリアンの退位とともにレックスも隠居し、アビントン領に生活基盤を移してのんびりと過ごす。

じっくりと二人の未来を話し合って、そう決めた。

（でもまだ婚儀を執り行ってもいないのに先走りすぎているわよね。嫌だわ、恥ずかしい）

「何かあったか」

ボックス席の灯りはいくつかのランプだけだというのに、レックスはフィオナの変化にすぐ気づいてしまう。フィオナは老夫婦に目を向け、少し顔を赤くしながらそのことを話した。

レックスがフィオナの隣に近づき、腰に腕を絡めて引き寄せつつ、老夫婦のいるボックス席を見やる。そして、小さく息を呑んだ。

「……ベレスフォード伯爵夫妻……」

かすかに忌々しげな響きをそこに感じ、フィオナは驚く。

彼らもレックスに気づいたようだ。挨拶の会釈をしようとしてフィオナがいることに気づき、「まあ」と老婦人が口元を押さえた。老紳士もとても珍しいものでも見たかのようにバルコニーを摑んで身を乗り出してくる。

そして二人は申し合わせたようにオペラグラスを構えると、じーっとこちらを見つめてきた。

（か、観察、されている、わよ、ね……？）

距離はそれなりにあるのだが、視線の威力はここまで伝わってくる。さらには声まで聞こえそうだ。

『そのご令嬢はレックスさまとどういう関係の方で⁉』──などと言っているのだろう。

すぐさまレックスがフィオナの前に立ちふさがる。彼の身体で視線が遮られ、フィオナは思わずホッと息を吐いた。

レックスの視線の威圧感は、かなり強い。だがここは歳の差によるものか、ベレスフォード伯爵夫妻はまったく気にすることなく、揃ってにんまりと笑う。

（あ……これ、何か噂されそうな気が……）

無言のままレックスがカーテンを少し引き、伯爵夫妻の視線を遮った。

こうすれば位置的に伯爵夫妻を視界に入れることなく舞台を堪能できる。レックスが優しくソファに促してくれて座ったが、フィオナは気が気でなかった。

レックスの婚約者として、教師や使用人たちは成果がきちんと出ていると言ってくれる。それが贔屓目でないと言えるだろうか。

客観的な立場の者からはまったく相応しくなく見えるのではと、急に不安になってしまう。

「フィオナ」

　ふいに呼びかけられてそちらを向くと、軽くくちづけられた。見られていないとはいえ公衆の場での不意打ちに驚いて目を丸くすると、レックスが優しく目を細めた。

「君は俺のために日々努力してくれている。自信を持て。俺が生涯の伴侶として選んだのは君だけだ」

（選んだのは、私だけ……）

　不安に揺れていた心が、ぴたりと落ち着いた。フィオナは小さく頷き返すと微笑む。

「ありがとうございます。弱気になってしまいました……。もう大丈夫です」

（もう見られてしまったのだもの。ここで怯んでレックスさまの背中に隠れるなんて、情けないわ。レックスさまに守ってもらってばかりでは、婚約者として失格よ。盾くらいにはなると決めたでしょう！）

　むんっ、と両手を握り締めたあと、フィオナは自らカーテンを開けた。

　とたんに伯爵夫妻が身を乗り出し、一斉にオペラグラスを向けてくる。じっくりと見分されているような強い視線を感じながらも、フィオナはマナー教師に教わった通り、スカートを摘まんで優雅に膝を落とす礼をした。

　レックスが軽く息を呑む。老夫婦はオペラグラスを外すと、満足げな笑みを浮かべ——あっさりと着席した。

それからは興味を失ったのか、舞台を見下ろしながら夫婦で話しているだけだ。

「レ、レックスさま、私の礼……変、でしたか……?」

「完璧だった。思わず見惚れた」

即座に返された言葉にフィオナは胸を撫で下ろし、笑った。教師に褒められるのも嬉しいが、やはりレックスにそう言ってもらえるのが一番嬉しい。

改めてレックスが手を取り、フィオナと一緒にソファに座る。そろそろ舞台が始まる気配が漂い始め、社交に精を出していた者たちも席に着き始めていた。

「ベレスフォード伯爵は政の一線から退いて隠居生活を送っているが、所謂、貴族社会でのご意見番のような役を担っている。父王の世代では財務関係の重鎮だった。兄上だけでなく、俺のことも実の息子のように可愛がってくださる奇特な方だ」

レックスの声は柔らかい。ベレスフォード伯爵夫妻は彼の懐の中に入っている人なのだろう。

「ただ……気に入った者に対しては何かにつけて口を出したがる」

「これまでにも伯爵さまたちからお口添えを頂いたようですね。例えばどのようなことについてですか?」

「結婚だ」

(それは……まあそうでしょうね……)

レックスのような男性が未婚のままでいること自体、社交界では罪だ。

「早く伴侶を選び子を成して家を栄えさせろと……確かに兄上の助け手として俺と同じ役目をこなす存在は必要だが、それが俺の子である必要はない。やれる者がやればいいと俺は考えているのだが」

文句らしき言葉を連ねてはいるが、声音は変わらず柔らかい。フィオナは微笑む。

勝手な想像だが、なんだかんだ言いつつ、レックスはベレスフォード伯爵夫妻を祖父母のように思っているのではないだろうか。

「舞台が終わったら、きちんとご挨拶に行きたいです」

レックスは無言で見返してくる。

彼と一緒にいれば注目を浴びるのは間違いない。フィオナの気苦労を心配してくれている。とても嬉しいが、レックスの背中に隠れ続けることなどできない。いずれどこかで彼の婚約者として、社交界に出ていかなければならないのだ。

「これはいい実践になると思います。でも、粗相をしてしまったら……」

「俺が手助けする」

即答だ。とても心強い。フィオナは満面の笑みを浮かべた。

「よろしくお願いします」

「わかった。だがそれまでは観劇を楽しもう。君が好きそうなものを選んだ」

上演されている演目のチラシをすべて集めて選んでくれたのだと、何となく想像できる。

「ありがとうございます。とても楽しみです！」

この公演のチラシをテーブルから取ったレックスが、フィオナの肩を抱き寄せて演目の説明をし始めた。一枚のチラシを二人で覗き込む距離間は、心がくすぐったくなる甘さだった。


女性を誘っての観劇だから恋愛ものだと勝手に思っていたのだが、レックスが選んだ演目はなんと、冒険活劇だった。

話はとても単純で、魔王に捕らえられた王女を勇者が助けに行くというものだ。旅の途中で仲間を見つけ、小さな事件を片付けながら絆を深め、やがて王女を助け出すという話だ。非常にわかりやすく捻《ひね》りがない。

その代わり最新の舞台装置を惜しみなく使い、とにかく動きが派手だった。人から魔王に変わる設定のために用意された張りぼてもかなり精密で稼働部分も多く、見ものだった。

観客は時にハラハラドキドキし、魔王と勇者たちの戦いを固唾《かたず》を呑んで見守り、王女と勇者の再会の抱擁に拍手した。始めこそベレスフォード伯爵夫妻のことが気になったが、話が進むにつれ引き込まれ、夢中になっていた。

掌が痛くなるほど拍手をし続けていると、やがて役者たちも最後の挨拶をして舞台袖に消えていく。ほうっ、と興奮を宥める息を吐き、フィオナはレックスを見た。

「とても面白かったです！　あの舞台装置、どんな仕組みで動いているんでしょうか。領地に興行してもらうこととかできないでしょうか……アビントン領は馬車で三日かかるから駄目かしら……旅費をこちらで負担すれば……皆、とても喜ぶと思います！」

「金銭面は何とでもなるが、上演できる場所があるかどうかが一番の問題だろう」

アビントン領にはこのような大きくて設備の整った劇場などない。そもそも、農耕と貴石採掘に特化しているため、芸術的な娯楽施設はほぼないのだ。

やはり思いつきでどうこうなるものではないと己の浅はかさを反省する。気づかせてくれたことを感謝し、ならばこの興奮をレックスと共有したいと舞台の感想を話す。いつものように彼は基本的に相槌を打つ程度だったが、今はなんだか上の空のように思えた。

話の内容があまり頭に入ってきていない感じだ。ストーリーのことになると、レックスは困ったように押し黙ってしまう。レックス好みの演目ではなかったのか。

「私のためにこの演目を選んでくださりありがとうございます。次の観劇はぜひ、レックスさまのお好きな演目にしてください。レックスさまのお好みが知りたいです」

「……いや、違う。俺もこの演目は面白そうだと思ったから選んだ。ただ……すまない。よく見てはいなかった」

気が散ってしまうことでもあったのか。フィオナが心配げに顔を覗き込むと、レックスは軽く嘆息し、気まずそうに続けた。

「君が……その、あまりにも感情豊かに舞台を楽しんでいるから、そちらにばかり目が行ってしまった……」

一瞬何を言われたのかわからず、フィオナはキョトンとする。だが理解していくと羞恥がじわじわと生まれてきて、顔が赤くなった。

「……そ、それは……その、あ、ありがとう、ございます……っ？」

礼を言うのは何か違うような気がしたが、他に上手い言葉が出てこない。レックスもかすかに目元を赤くし、いつもよりはぎこちない仕草で、うむ、などと神妙な顔で頷く。

奇妙なやり取りのあとはなんだかおかしくなり、どちらからともなく笑い合ってしまった。

その頃には観客の大半が劇場の外に出ている。ロビーで社交している者もいるだろうが、人数はだいぶ減っただろう。だが、ベレスフォード伯爵夫妻は待ち構えているに違いない。

「レックスさま、そろそろ帰りましょうか」

頷いたレックスがじっとフィオナを見つめる。言葉にしなくとも、大丈夫かと気遣ってくれていることがわかる。フィオナは安心させるために笑顔を見せた。

エスコートのためにレックスが軽く曲げた腕を差し出してくる——かと思いきや、その腕はフィオナの腰を抱き寄せてきた。ぴったりと寄り添い合ってしまう。

「レ、レックスさま……あの、近すぎ、では……っ」

「これで行く。俺が君を欲しがっていることを周囲に知らしめておいた方がいい」

恥ずかしさを呑み込んで頷き返し、レックスとともにボックス席を出た。

ロビーに続く扉をレックスが開けてくれる瞬間は、さすがに緊張で足が止まってしまった。

だが腰に回った彼の手が触れた部分を優しく撫でて先を促してくれる。

（大丈夫。レックスさまが傍にいてくれる）

甘えて頼りきっていることはわかっているが、例えようのない安心感もある。フィオナは軽く息を吸い込んでから、ロビーに出た。

ロビーには予想以上に多くの人が残っていて、レックスとフィオナがやってくるのを待ち構えていたようだった。先頭にいるのはベレスフォード伯爵夫妻で、彼らが原因だろう。

伯爵夫妻以外は時折こちらに興味津々の目を向けつつ、近くにいた者たちと話をしている。偶然、レックスたちの会話を耳にしてしまった、という体を取るのだろう。

アビントン領にいたときにはほぼなかったやり取りだ。結局盗み聞きと変わらないのにとは思うが、表情には表さない。

レックスがベレスフォード伯爵夫妻の方へと導き、紹介してくれる。フィオナはマナー教師の教えをしっかりと守りながら挨拶した。

「堅苦しい話はいい。レックス殿、彼女は君にとってどういう存在なんだ？」

ベレスフォード伯爵が単刀直入に尋ねてきた。あまりにも直球の質問に虚を突かれ、フィオナは絶句してしまう。

レックスがいつも通り厳しく険しい表情で――だが瞳は柔らかく、どこか呆れを含んで伯爵を見つめながら答えた。おそらくその感情に気づく者は、ほとんどいないだろうが。

「周知はまだだが、俺の婚約者だ」

周囲が一気にざわついた。直後、嫉妬と羨望、興味津々の視線が全身に突き刺さる。

フィオナは令嬢教育の賜物の笑顔を浮かべたまま、視線を夫妻から一瞬たりとも外すことができない。

(今、他の方々を見たら、私……こ、殺されてしまうのでは……⁉)

そんなことはあり得ないとわかっていても震え上がってしまうほどの威力だ。内心で大量の冷や汗をかくフィオナに、伯爵夫人が身を乗り出して尋ねた。

「まあまあ！　あのレックスさまがついに婚約者をお迎えに⁉　素晴らしいわ……‼　ぜひとも経緯を教えてくださいな」

外見は老女でありながら、纏う雰囲気と向けられる瞳は好奇心旺盛な少女のようだ。自分の祖母ほどの相手に失礼かもしれないが、ずいぶんと可愛らしい印象だった。同時にどこか憎めない空気もあった。

だがここで下手なことを口にすれば、どんな噂になるかわからない。レックスが伯爵夫人に何か言おうとするのを視線で止め、フィオナは彼女に微笑みかけながら続けた。

「ご興味を持ってくださって嬉しいですわ。宜しければぜひ今度、お茶をご一緒させてください。そのときにお話しできることはさせていただければと思いますわ」

決してすべてを話すとは言わない。そして今ではなく、別の機会にと断っておく。茶を一緒にという誘い文句で、ほぼ二人きりならばという条件付きだとわかるだろう。

自分よりも遥かに高位の相手にやんわりと条件を突きつける対応をすることに内心では慄いてしまうが、譲れないものがある。

立場も家格も、レックスの婚約者としては足りないのだ。これ以上の迷惑をかけたくない一心での対応だった。

伯爵夫人が、ふんふん、と様子を窺うように軽く何度か頷いたあと、微笑んだ。

「旦那さま。私、こちらのご令嬢のことがとても気に入りました。今度、我が家のお茶会にお招きしてもよろしいでしょうか？」

新たなざわめきがロビーに起こった。

フィオナが招くならばまだしも、伯爵夫人の方が招くとは破格の対応だ。

（……そ、そこまでしてもらうわけには……！）

フィオナは慌てて辞退し、こちらから改めて茶会を催す旨を告げようとする。だがそれよりも早く、ベレスフォード伯爵が妻への愛おしさを隠さない笑顔で頷いた。

「それはいい。その茶会には私も同席させてくれ」

「近日中に招待状をお送りさせていただきますわ。楽しみになさっていて」

伯爵も同席するとなれば、さらなる破格の対応だ。周囲のざわめきがますます強くなる。

「ありがとうございます」

内心の動揺は気取られないよう、フィオナは必死に笑顔を浮かべて礼を言う。伯爵夫妻は今度はレックスに笑いかけた。

「とても根性のあるご令嬢じゃないか。大事にしろ」

「なかなか芯の強い子だわ。鍛えがいがありそう。楽しみが一つ増えたわ」

何とも不穏な賞賛に思えなくもないが、とりあえず気に入られたらしい。レックスが威圧的な険しい表情のままで神妙に頷いた。

「こんな俺を夫にしてくれる令嬢だ。大事にするのは当たり前だろう」

そんな助言は今更必要ないとでも言いたげな返事だ。レックスの機嫌を損ねたと周囲は思っているようだったが、傍にいるフィオナは視線と声音の優しさからそうではないとわかる。

「ゆっくりお話しができるのを楽しみにしているわ。では今夜はこれで」

あっさりと伯爵夫妻は別れの挨拶をしてくれる。フィオナは笑顔を浮かべたまま、彼らの姿がロビーに集う人々の中に紛れていくのをレックスとともに見送った。

フィオナとの関係をレックスに直接聞こうとする勇気ある者は伯爵夫妻以外にはいないようで、再び遠巻きに興味津々の視線が投げつけられる。フィオナは思わず嘆息した。

（そんなに気になるのならば聞いてくれればいいのに……これではレックスさまが不快になるのも当然だわ）

近寄りがたいと遠巻きにしているのに、当人の個人的な情報は知らずにはいられないなど、虫が良すぎる。

笑顔の下に怒りをだんだんと溜めていっていることに、どうやらレックスは気づいたようだ。心配げに指先で優しく頬を撫でてくる。

嫌な思いをしたのならば言え、とその瞳が告げている。頷けばこの場にいる皆を捕らえそうな雰囲気だ。

「大丈夫です。私よりもレックスさまは大丈夫ですか？」

「どうして俺が？」

レックスが不思議そうに問い返す。この状況に何とも思わないでいて欲しくなかった。

「レックスさまはもっと怒っていいと思います。自分から尋ねてこないのに遠巻きにして、見た様子だけをさも真実のように噂するなんて、相手に対して失礼なのですから」

レックスが軽く目を瞠り、それから小さく笑った。

「そんなことで君は怒っているのか」

「そんなことではありません！　何も感じなくなるということは、常に傷つけられていたからなのですよ。レックスさまはご自分の痛みに対して無頓着すぎます」

びしっ、と叱りつけると、周囲がまた新たなざわめきを発した。

「あのご令嬢、レックスさまを叱りつけているぞ……」

「な、なんて恐いもの知らずな……っ」

「アビントン領は田舎領地ですもの。貴族とは名ばかりで、農民と大差ないのでしょう」

明確な悪意と嘲笑の囁きに、フィオナは内心で大きくため息を吐いた。わかっていたこととはいえ、あまりにもあからさますぎると白けてしまう。

「レックスさまの女性を見る目だけは、この王都の貴族たちより劣っているようですわ」

（私のことは悪く言っても構わないけれど、私を引き合いにしてレックスさまを貶めるのは違うでしょう！）

ここで喧嘩しても構わないが、得策ではない。むしろ悪手すぎる。喧嘩っ早い令嬢だとさらに嘲《あざけ》られ、レックスの評判を落としてしまう。

ここは我慢だ。やり過ごすのが正解だ。

「レックスさま、帰りましょう。舞台で興奮しすぎたせいか、随分と疲れてしまいました」

レックスにこれ以上心ない言葉は聞かせたくない。そう思っての演技だった。

「それは失敗した。帰ったら君をたっぷり可愛がりたかったのだが……次は選ぶ演目に気をつけよう」

これまでのレックスならば決して口にはしないような甘い言葉を返され、仰天してしまう。

レックスは険しい表情のままだが目元に甘さを滲ませて頬を寄せ、フィオナの目元にくちづけた。

ロビーが大きく揺さぶられるかのような動揺のざわめきが広がる。だがレックスが鋭い一瞥を投げると、ぴたりと収まった。

「行くぞ」

レックスがフィオナの肩を抱き寄せ、出入り口に向かう。目元とはいえ衆目があるのにくちづけてくるのは、フィオナの立場を皆に知らしめるための演技だろう。

(それが一番効果的だとわかっているけれど……胸がドキドキしてしまうのはどうしようもないことで……‼)

しかもあらかじめ聞かされていたわけでもなく、不意打ちだ。

フィオナは笑顔を崩さないよう努力し続けたが、顔が赤くなるのは止められない。とはいえレックスがすぐに皆に背を向けたため、恥じらう様は見られなかったはずだ。

正面出入口を通って待っていた馬車に乗り込むまでに、結構な人数に寄り添っている姿を見られた。こちらは何も言いつけていないのに馬車が待っていたのは、おそらく状況を聞いた支配人の配慮だろう。

あれは一体誰だ、レックスさまとどういう関係だ、などという囁き声がいくつも飛び交う中、馬車に乗り込む。踏み台に足を掛けたそのとき、フィオナは視界の端に見知った顔をみとめた。

濃茶色の髪をした若い男――ゾクリと全身を怖気が走り抜け、足元がふらつく。

（まさか……デイヴ……!?）

レックスがすぐさま片腕で抱き支えた。

「どうした」

フィオナは思わずレックスの腕に縋りつく。身体が一気に冷えていくのを感じたが、それは抱き止めてくれた彼にも伝わったようだ。

無言のまま軽く眉を寄せると、レックスがフィオナをふわりと抱き上げた。注視していた女性たちが、さすがに堪えきれずに小さな感嘆の声を上げた。

大丈夫だから、と言う前にもうレックスに抱かれて車内の座席に座っている。従僕が扉を閉め、レックスはすぐに出発を命じた。

馬車が走り出すと、ざわめきが大きくなった。今夜中には王都の社交界中にこのことが広まるだろう。

（いいえ、それよりも確認を……）

あの若者がデイヴだったのかどうか、窓からでも確認しなければ。

そう思うのに、身体は震えて動けない。レックスに愛されてもう大丈夫だと思ったのに、まだ立ち直れていないのか。情けない。

レックスは心配そうにこちらを見つめながらフィオナを抱え、髪や肩、背中を撫でてくれていた。服越しに伝わってくる温もりが、徐々に冷えた身体と心に熱を取り戻させてくれる。

(大丈夫……大丈夫。私はデイヴに穢されたわけではないのだから……)

そうだ、あれは未遂に終わった。からくも逃げ出せたのだ。けれど腕や肩に残るデイヴの手の感触が蘇ってくると、それが本当だったのかどうか疑わしくなる。

(私の希望が、記憶を塗り替えていたとしたら……?)

「フィオナ」

レックスが優しく名を呼んできた。ハッと我に返ると、いつの間にか彼の膝の上に座って抱えられていた。

すっぽりとレックスの腕に包み込まれている状況に、急に羞恥がやってくる。

「……も、申し訳……っ」

「申し訳なくない。愛する者が気落ちしていたら心配して慰めるのは当然だ。何があった」

正直に答えることを、ほんのわずか躊躇ってしまう。だが不必要なすれ違いを起こしたくはない。

(でももし、私の記憶が本当に間違っていたとしたら……?)

——レックスにとても申し訳ない。それでも隠しておくことはできない。

「実は先ほど馬車に乗り込んだときに……」

デイヴらしき者を見たこと、それによって彼に襲われたときの恐怖が蘇り、まだその恐怖を克服できていないこと――もしかしたら、彼から逃げられたことが記憶違いになっているのではないかという不安も、レックスにどう思われるか堪らなく心配になりながらも伝える。

レックスは余計な相槌すら打たず、じっとフィオナを見つめたまま聞き入っていた。だが記憶違いの話になると眉間に刻まれる皺がどんどん深くなり、表情も険しく強張っていく。

フィオナが話し終えて大きく息を吐くと、レックスが言った。

「君を屋敷に送り届けたら、その男を殺しに行ってこよう」

「……そ、それは最終手段でお願いします！」

自分のためにレックスが殺人者になることは看過できない。彼の静かな怒りを全身で感じ取り、フィオナは慌てて止める。

「私の心が……弱いだけです」

「違う。それだけ君が受けた傷が深かったということだ」

言葉はまったく愛想がないのに、声音と眼差しが優しくて泣きそうになる。気づけばフィオナはレックスの胸に身を寄せていた。大きな手が安心させるように背中を撫でてくれる。

「君が純潔であろうとなかろうと、俺には意味がない。そんなことで君の価値は下がることがないからだ。俺の妻は君しかいない。君が俺でいいと言ってくれるならばそれで充分だ」

不本意に穢された身でも傍にいていいのだと、彼なりに言葉を尽くして教えてくれる。フィオナは彼の胸に額を押しつけながら、何度も頷いた。

(穢れた身でもいいと言ってくださる……)

レックスの愛情を深く強く感じて、フィオナの想いも自然と強くなった。だから口にできたのだろう。

「……ならば、レックスさまが確かめてくださいませんか……」

「……何を」

背中を撫でる手をぴたりと止め、はっきりと動揺した声でレックスが言う。フィオナは羞恥で耳まで赤くした顔を上げ、彼の瞳を真っ直ぐに見返して続けた。

「私が純潔であるかないかを……レックスさまが確かめてください」

レックスの目が眇められる。美しいアクアマリン色の瞳が、冷徹なまでに鋭く底光りした。知らず背筋が大きく震えてしまったが、懸命に堪えて目は逸らさない。

「何を言っているのかわかっているんだな？」

フィオナは変わらずレックスを真っ直ぐに見つめたまま、はっきりと頷いた。

「はい。レックスさまに抱いて欲しい……です」

直後、レックスが嚙みつくように激しく——けれど下腹部がきゅんっ、とすぐに疼いてしまって困るほど官能的なくちづけを与えてきた。

くちづけだけで蜜口が熱く潤い始める。なんてはしたないと羞恥でいたたまれなくなるが、これが本心なのだと納得してしまう。

同時に結ばれるときにできる限り痛みを感じないよう、レックスがたくさん触れてきた証なのだともわかる。

（その気持ちだけで……自然と身体が応えてる……）

レックスが飢えたように何度も角度を変えてくちづけてくる。息が乱れ息苦しさに眉を寄せるが、離れるつもりはなかった。レックスの胸に縋り、懸命に応える。

「君が、欲しい」

息継ぎの合間にレックスが低く言った。

声は劣情のせいで掠れていて、ほとんど聞き取れない。だが仕草や表情、視線のすべてで感じ取れた。

全身が一気に熱くなる。応えようとレックスの胸元に伸ばした手は彼の手に捕らえられ、指を絡めて強く握り締められた。

君が欲しいと、くちづけから、繋いだ手から、抱擁から――舌の動きからも伝わってくる。

無言なのに伝わってくる恋情と劣情は凄まじい。だからフィオナも素直に応えていた。

「私も……レックスさまが欲しい、です……」

（あなたのものに、なりたい）

屋敷に到着するまでの間、ずっとくちづけられていた。

舌を強く擦り合わされ、口中を容赦なくかき回され、混じり合った唾液を味わわれる。飲み込みきれなくて口端から零してしまうと、舐め取られてしまった。

そんな深く激しいくちづけだけで頭も身体も蕩けてしまっているというのに、レックスの愛撫はそれだけに留まらず、胸の膨らみを散々揉みしだかれ、蜜口を弄られた。

辛うじて馬車の中で情事に至らないようにという理性は働いているようだったが、飢えて求める手の動きはいっそ乱暴なほどだった。胸元を乱されなくともドレス越しに胸の膨らみを散々揉まれたが、スカートの中に潜り込んだ指はさらに容赦がなかった。

花芽を指の腹で執拗に擦られ、滲み出した愛蜜でたっぷりと濡らした指を蜜壺で出し入れされる。甘酸っぱい蜜の匂いが車内でかすかに嗅ぎ止められるほどぐちゅぐちゅに蕩かされた。

ハーディング公爵邸に到着するまでに二度も彼の指で絶頂に押し上げられ、内腿が下着とともにしっとりと濡れる。

馬車が止まると、ようやくレックスの唇が離れた。

ドレスの下の身体は快感に打ち震えていて、少し触れられただけでも大きく反応してしまう。こんな状態で出迎えの使用人たちの前に出ることはできないと、フィオナは羞恥と快楽で瞳を潤ませながらレックスの胸に縋った。

レックスがジャケットを脱いでフィオナを包み込み、従僕が扉を開けると抱き上げて馬車を降りた。顔を見られないよう、頭を胸に押しつけてくれる。

「お帰りなさいませ、レックスさま……まあ、フィオナさま、いかがなさいましたか!?」

使用人頭が血相を変えて駆け寄ってきた。あと一歩のところでレックスが止める。

「ずいぶん緊張して疲れが出てしまったようだ。観劇のあと、ベレスフォード伯爵夫妻と会って話をしたから余計だろう」

「まあ、そうでしたか。入浴のご用意も整えておりま……」

「いや、構うな。今は……二人きりで話したいことがある」

抱擁で視界が遮られているから、レックスが今、どんな顔をしているのかはわからない。だが声は欲情に掠れていた。

使用人たちはそのわずかな変化で事態を悟ったようだ。余計なことはそれ以上口にせず、レックスが自室に向かうのを見送る。

「畏まりました。何かありましたらお呼びくださいませ。次は朝のお目覚めの時間に起こしに参ります」

うむ、とレックスが重々しく頷く。だが歩みは止まらず、すでにもう彼らからはずいぶん離れていた。

使用人たちの気遣いをありがたく思いながらも、これから何をするのか悟られていることがわかって気恥ずかしい。フィオナはレックスの腕の中で、羞恥に身を縮めた。

レックスは大きな歩幅で真っ直ぐ自室に向かい、行儀悪く足で扉を開け閉めして寝室に入った。ベッドに下ろされると同時にのしかかられ、再びくちづけられる。

「ん……ん、んぅ……っ」

ドレスの襟を掴むと、もどかしげに押し広げられた。縫い目が嫌な音を立て、レックスがハッと我に返る。

「……すまな、い……こんなやり方は、あの男と一緒だな……少し、落ち着こう……」

はあ、と熱い息を吐き出して、レックスが身を起こそうとする。

確かにデイヴもフィオナの服を力任せに剝《は》ぎ取ろうとした。自分の欲望を優先させるだけの荒々しい仕草には、恐怖しか覚えなかった。

(でも、レックスさまは違う)

想いを通じ合わせたからこそ欲しくて堪らなくなり、愛撫が乱暴になってしまう――していることは同じなのに込められている想いが違う。

フィオナは息を乱しながら身を起こし、膝立ちになった。そして羞恥に震え目を伏せながら、ゆっくりとドレスを脱いでいく。

ホックが前に並んでいるデザインのコルセットで良かった、などと頭の隅で思いながら手を動かす。レックスは息を呑み、軽く瞠った瞳でこちらを見つめて微動だにしない。

焼けつくような視線も愛撫になり、身体が熱くなる。自分もレックスに抱かれることを望んでいるのだとわかってもらいたくて、フィオナは彼の前で全裸になった。

「フィ、オナ……」

掠れた声で、レックスが名を呼ぶ。胸の膨らみを両腕で隠しながら、フィオナは目を伏せたままで言った。

「私がレックスさまに抱いて欲しいと望んだのです。だから好きにしてください……」

「好きにしたら……君を、壊してしまいそう、だ……」

喘ぐように言って、レックスが手を伸ばしてくる。フィオナの両手首を摑んで腕を広げさせると、改めて押し倒してきた。

反射的に何かで身体を隠そうとするのを堪え、フィオナはかすかに震えながらも仰向けのまま動かないでいる。レックスが頭の先から爪先までじっくりと眺め、呟いた。

「綺麗だ、とても……触れずには、いられないほどに」

「触れてください」

レックスの両手が全身を這い回り始める。すぐさま唇と舌が続き、これまでに見つけてきた感じる場所を的確に刺激してきた。

乳房を両手で根本から摑んで揉みしだかれ、つんと尖った乳首は舌でねっとりと舐め回される。かと思えば口中に飲み込まれ、熱い舌で左右に散々嬲られた。

喘ぎを堪えようと必死に唇を強く引き結ぶが、とても無理だ。

「……あぁ……っ！」

ついに声が漏れてしまい、フィオナは軽く握り締めた拳を口元に押しつける。レックスがその手を摑んで引き寄せた。

「聞かせてくれ」

レックスの舌が指を舐めてくる。指の股にまで舌が這い、背筋がゾクゾクしてフィオナは喘ぎを止められない。まさか指を舐められて感じるとは思わなかった。

「……ん……ぅ、ん、ぁ……そ、んなふうに舐めた、ら……駄目です……っ」

だがレックスは新たに見つけた性感帯を執拗に攻めてくる。

人差し指を咥えられ、ぢゅぅっ、と強く吸われた。飲み込まれてしまうのではないかと思うと同時に片方の乳房を鷲づかみにされ、爪の先で乳首をカリカリとひっかかれる。

二種類の愛撫を同時に与えられ、恥ずかしいほどビクビクと震えてしまう。レックスは指を口から引き抜くと、掌から手首に向かって舌を這わせた。

「これは……気持ち悪いのか。それともあの男に……同じことをされたのか」

「さ、れて……いま、せん……気持ちいいから、こ、んなに……なってしまうのです……」

「そうか。ならばいい……」

濡れた舌が次には腕の内側をなぞり上がり、胸の膨らみを味わってくる。感じて張りを増したそこを舌で丹念に舐められた。

「もし、同じことをされていたのならば……上書きをしなければならない。俺がしたことだと、君の記憶を塗り替えなければ」

彼の舌は胸の谷間から臍に向かって下りていく。肌が粟立つような快感に身を震わせているうちに、レックスが足の間に身体を押し入れてきた。

言葉と声音は不穏な響きを多分に孕んでいるのに、触れる手や指、舌は、とても優しく気遣いに満ちている。少しでもこちらが不快になったり怯えたりすれば、彼は強靭な意志の力でもって、愛撫をやめてくれるつもりなのだとわかった。

だから、油断した。心から大事にしてもらえている悦びと与えられる甘い愛撫に蕩かされ――気づいたときにはレックスが恥丘に優しく唇を押しつけていた。

「……っ⁉」

感触を確かめるように啄まれ、蕩けた意識が一気に明瞭になる。不浄の場所に口をつけられている衝撃的な光景を目の当たりにし、フィオナは止めようと両手を伸ばした。

「……や……いけません……そ、んなとこ……っ」

だが伸ばした両手はレックスの片手で容易くまとめられ、捕らえられてしまう。足を閉じようとしても、彼の身体に阻まれる。レックスは反対の手で淡い茂みを優しくかき分けると、ねっとりと蜜口を舌でなぞり始めた。

指とはまったく違う快感がやってきて、フィオナはビクビクと震える。唾液でぬめった肉厚な舌が、秘裂を解すように下から上へ舐めてきた。

両手首を捕らえられているから、逃げられない。

「……あ……あっ、い、やぁ……っ」

ビクッ、とレックスが強張り、愛撫を止めた。知らず零していた涙を見て、ひどく申し訳なさげに眉を寄せる。

「……これは嫌だったか。悪かった。もうしない」

罪悪感に瞳を曇らせながら、レックスが身を離そうとする。フィオナは慌てて首を左右に激しく振った。

「ち、違います……っ。それ、すごく気持ち良くなってしまって……こ、恐い……」

レックスが嫌ではないことだけは、絶対にわかって欲しい。想いを込めた潤んだ瞳で見返すと、彼はかすかに安堵の息を零した。

「……そう、か……ゆっくりすれば大丈夫か……？」

「お、驚いただけですから……レ、レックスさまの思うまま、に……」

「駄目だ。初めて男を受け入れるときはかなりの苦痛があると聞いた。君の身体をもっと蕩けさせて、たっぷりここを濡らさないと傷つけてしまう」

レックスはフィオナを優しくベッドヘッドの方に押しやった。同時にいくつもある枕を適当に積み上げ、背中を痛めないよう軽く座らせる格好にする。

だが相変わらず彼の鍛えて引き締まった身体が足の間に入り込んでいるため、立てた膝が開いてしまって恥ずかしい。

「何をされているのかわかれば、その恐さも少しは薄れるかもしれない。君に触れているのが俺であることを、よく見ていてくれ」

「え……っ」

それはとんでもなく恥ずかしいことではないかと反論するより早く、レックスは内腿を両手で押さえて大きく広げ、再び股座《またぐら》に顔を埋めた。

舌が優しく秘裂をなぞり始める。滲み出す愛蜜を舌先ですくい取ると、それを花弁や花芽に塗り込めてきた。

ねっとりと舐められたかと思えば、舌先でぐりぐりと押し揉まれる。舌が花芽に絡みつき、ねとねとと転がされる。次には強く舐め擦られ、フィオナは絶え間なく与えられる強烈な愛撫に打ち震え、堪えきれない喘ぎを零し続けることしかできない。

「……あ……もう……そ、んなにして、は……あっ、ああっ！」

これ以上続けられたら何かとんでもない粗相をしてしまいそうで、フィオナは泣きじゃくりながら懇願する。だがレックスは聞かず、今度は濡れた舌を蜜壺の中で出し入れし始めた。

ぐちゅぐちゅ、と耳を塞ぎたくなるほどいやらしい水音が上がる。フィオナはシーツを強く握り締めた。

「レックスさま、私、もう……だ、めぇ……っ」

硬く尖った花芽をレックスの唇が挟み、優しく扱く。フィオナは目を瞠り、仰け反った。

「……んんぅっ‼」

強い快感に呑み込まれ、達してしまう。直後に溢れ出した蜜をレックスは啜《すす》り、丁寧に舐め取り――絶頂の余韻に震える蜜壺の中にすら舌を押し入れて蜜を味わってくる。

「……あ……あ、あ……っ」

レックスが伏せていた目を上げ、快感に打ち震えるフィオナをじっと見つめながらわずかに口を離す。もう力の入らない足をさらに大きく広げると舌を出し、見せつけるようにゆっくりと花芽を舐め上げた。

レックスが奉仕してくれている。それを目の当たりにし、再び快感が全身を巡り始めた。

そして一瞬たりとも目を離さないまま、レックスが蜜壺の中にゆっくりと指を飲み込ませてきた。舌の愛撫で解れ、蕩けたそこは、美味しそうに彼の指を飲み込んでいく。

その動きに、レックスが微笑んだ。

「……ん、あ……あー……っ」

（や、だ……顔を、見られて、る……）

愛撫に蕩けただらしない顔を、見られている。ならば目を逸らせばいいのに、できない。誰に愛されているのかをしっかり見ろと言われているようで――できない。

デイヴに襲われたときの記憶が、レックスの愛撫によってどんどん薄れていく。本当はあの男に奪われていたのではないかという不安も一緒に。

（私の身体がデイヴにこんなことを許さなかったと、教えてくれる）

蜜壺の中の指が、ふいに膣壁の上部を強く押し上げてきた。感じる場所を攻められ、フィオナは息を呑む。直後、彼の舌と指が、優しくも激しい愛撫で攻め立ててきた。

「……ひ……あっ、あぁ……あっ、そこっ、駄目……駄目……ぇ……!!」

あっという間に新たな絶頂を迎え、フィオナは腰を震わせる。身体からぐったりと力が抜け、背中を預けていた枕からシーツの上に倒れ込んでしまった。

レックスが少々慌ててフィオナを片腕で抱き止め、そっと横たわらせる。ベッドの上なのだから痛みなどないが気遣ってもらえたことが嬉しくて、フィオナは知らず微笑みかけた。

「レックスさま、好き……」

何度も達した身体は充分に蕩けていたが、その分、眠気がやってくる。そのせいで夢うつつの状態となり、素直に彼への想いを口にしていた。

ビシッ、とレックスの動きが止まった。そしてかすかに何かを呟き、呻いたあと、もどかしげに服を脱ぎ捨てる。あちこちで縫い目の裂ける音がした。

「駄目だ、フィオナ。寝落ちるな」

言いながらレックスが身を重ねてくる。力のない腕を首に巻きつかせられ、フィオナは沈みかけた意識を引き上げる。直後、蜜口に何か熱く硬いものが触れた。

ビクリと震えて見返せば、熱を孕んで狂暴なまでの輝きを宿したレックスの瞳と目が合った。

つぷん、とそれが蜜口を押し広げ、中に入り込んでくる。圧迫感に息が詰まるが、レックスが止まる様子はない。苦悶の表情で息を詰め、じれったいほどゆっくりと入り込んでくる。

「……ふ、う……っ」

身が真っ二つに裂かれるのではないかと思うほどの痛みと圧迫感だ。フィオナも眉を寄せる。

だが、どちらも互いから一瞬たりとも目を離さない。

「……んっ、く……ふ……っ」

誰が自分を貫いているのか——教え込まれる。

(私を抱いているのは、レックスさま)

レックスの右手が乳房を揉みしだき、硬く尖った乳首を指で弾く。左手は繋がった場所に伸ばされ、愛蜜で濡れた花芽を弄った。覚えたての感覚がじわりと体奥に快感を与えてくる。

わずかに力が抜けた。その機を逃さずレックスが一気に腰を押し進めた。

「……っ‼」

何かを突き破られるような感覚と衝撃、そして痛みに、フィオナは声にならない喘ぎを上げる。思わずしがみついたレックスの首筋の後ろに爪を立ててしまった。

「……あ……はー……っ」

詰めていた息を吐き出すとレックスが零れた涙を唇で吸い取ってくれ、労るように身体を優しく撫でてくれる。

「すまない。大丈夫か……」

レックスもひどく苦しげだ。初めて男を受け入れる身体と繋がることは、彼の身にも苦痛を与えるものらしいと気づく。

「……レックスさま、は……？」

レックスは軽く目を瞠ったあと、優しく微笑む。

「大丈夫だ。君と繋がれて、嬉しい。無理をさせて悪かった」

そしてちらりと繋がった場所を一瞥してから続ける。

「それに君の最初の男は――俺、だ」

純潔の証を確認したレックスの言葉に、フィオナは涙ぐんだ。デイヴらしき人物を目撃して不安に駆られていた心が、今は溢れんばかりの喜びに満ちている。

（レックスさまが、私の初めての人）

「……嬉しい、です」

「そうか。それと……俺にとっての最初の女性は、君だ」

えっ、とフィオナは目を瞠る。

確かに社交的とは決して言えないレックスだが、望むならば手に入らない女性の方が少ないはずだ。それなのに一度も女性との経験がないとは思わなかった。

レックスが眉を寄せる。

「経験はないが知識はある。だから君にできる限り苦痛を与えないようにできると思ったが……すまない。苦しませた」

心底申し訳なさげに告げられるが、喜びにしかならない。

(レックスさまにとっても、私が初めて……)

フィオナは両手でレックスの頬を包み込み、思わずくちづけた。衝動的なそれは、ただ唇を押しつけるだけの拙《つたな》いものだ。

茫然と見下ろしてきたレックスに、フィオナは笑った。

「嬉しいです。レックスさまの初めてを、私が頂けたのですね。とっても嬉しいです！」

「……君という人は……」

そのあとに何と続けたのか、よく聞こえなかった。フィオナが軽く小首を傾げると、噛みつくようなくちづけが返される。

戸惑っている間に舌が絡みついてきて翻弄される。少しするとレックスが緩やかに腰を動かし始めた。

「……ふ……あ……あっ」

まだ腰の動きは緩やかだ。おかげで辛いばかりではない。

「……あ……ん、んぅ……っ」

「大丈夫か……？」

「は、い……平気、です……だから……レックスさまも、気持ち良くなって、くださ……」

「駄目、だ……一度我を忘れたら、歯止めがきかん……」

「構いません。レックスさまならばいいんです」

「君の優しさに、甘えてしまうぞ……？」

はい、と微笑んで頷いた直後、最奥を抉《えぐ》るように貫かれた。

「……あ……っ」

フィオナを強く抱き締めながら、レックスは汗ばんだ肌がぶつかり合う音がするほど腰を激しく打ち振る。フィオナは突然の激しさについていけず、懸命に彼にしがみついた。

「……フィオナ……フィオ、ナ……っ」

繋がった場所から、ジュプジュプと淫らな水音が上がる。一体どれだけ濡れているのか。だが硬く太い肉竿で膣壁を擦られ感じる場所をぐりぐりと押し上げられると、そんな羞恥も消し飛んだ。

「……あ、あ……んぅ、あ……っ」

激しい律動で、乳房が揺れる。レックスの胸で乳首が擦られ、それも快感に繋がった。

「……フィオナ、舌を……」

口を開ければすぐさま食いつかれ、舌を引き出されて搦め捕られる。懸命に舌を搦め返すが、とても応えきれない。

「……んっ、んぅ……っ」

フィオナは自然とレックスの首に腕を、彼の腰に両足を絡めていた。レックスもさらに密着しようと抱擁に力を込める。

汗ばんだ肌と互いの秘所が擦れ合い、気持ちがいい。もう何もかもわからなくなる。

「……フィオナ……出る、ぞ……っ」

すべてがレックスのものになることを知らしめるためか、そう言われる。フィオナは喘ぎながら何度も頷いた。

レックスのすべてが欲しい。

膨らんだ肉竿の先端が、膣壁の最も感じる場所を、ぐうっ、と強く押し上げた。フィオナは腰と背中を反らし、自ら蜜口を彼に押しつけるようにして達する。

「……ああー……っ‼」

「……く……ぅ……っ！」

一瞬の後、レックスが呻き、骨が折れんばかりにフィオナを抱き締めて胴震いする。熱いものが蜜壺の奥に向かって放たれ、全身を満たした。

最後の一滴まで注ぎ込むべく、レックスが何度か腰を打ち振る。熱を受け止めながらフィオナは身を震わせ続け、荒い呼吸で胸を上下させた。レックスの子種を感じる。

とても満ち足りた幸せな気持ちだ。遠のきそうになる意識を何とか留めながら、レックスを見返す。

精悍な頬に汗の雫を滑らせて、レックスが優しくくちづけてきた。舌をゆったりと絡め合うくちづけをしばし交わしたあと、蕩けるほど甘い声で問いかける。

「……大丈夫、か……？」

掠れた声で返事をする。途端に申し訳なさげな顔をするレックスが、何だかとても可愛かった。忠実な大型犬が耳と尻尾を垂れて反省している姿を連想するのは、失礼だろうか。

フィオナは気怠《けだる》げに腕を上げ、レックスの頬を滑り落ちた汗を指先で拭ってやる。たったそれだけの仕草でも感じたのか、レックスがかすかに身を震わせた。

「レックスさまは大丈夫でしたか……？　私……レックスさまが、は、初めてでしたので」

こちらはとても満足した交わりだったが、彼もそうだとは思えなかった。最後までどこか苦しげだったのだ。

自分が女として未熟なばかりに、と目を伏せたフィオナに、レックスは息だけで笑う。

「大丈夫だ。君が俺につけた傷は、とても愛おしい」

一体どこを傷つけてしまったのかと、慌てる。すぐに彼の二の腕のあたりに赤い爪痕が刻まれていることに気づいた。

「私、夢中で……ご、ごめんなさい‼　ああ、もしかしたら他のところにも……‼」

「構わない。それだけ君も良かったということだ。俺も気持ち良かった」

だから、と続けながらレックスが軽く腰を揺さぶる。まだ中に深く挿し入れられたままの男根が、再び硬く太くなった。

「すまない。まだ……おさまらない」

レックスが身を起こし、フィオナの腰を摑んで引き寄せる。とちゅ……っ、と膨らんだ肉竿の先端で優しく奥を押し揉まれ、フィオナは喘いだ。

そのまま膝を摑まれ大きく広げられながら、乳房に沈み込むほど押しつけられる。胸の先端が自分の膝で刺激されて甘く疼き、蜜口から新たな愛蜜が滲み出した。

蜜口が上を向き、男根が串刺しになっているのがはっきりと見える。レックスが改めて緩やかに腰を動かせば、赤黒く筋が浮き出た狂暴なものが出入りする様がよくわかった。

濡れ光る花弁が逃がすまいと肉竿に吸いつく。再び肉竿を奥まで押し込むと、レックスは根本まで入り込んだまま、ぐりぐりと腰を回した。

「……あ……っ、それ、ぐりぐりしちゃ……嫌……っ」

「だが君の中がまた熱くなって、俺のものに吸いついてくれている……これが、いいか」

レックスの引き締まった下腹部で花弁や花芽が擦れて気持ちがいい。

一度放ったのだから萎えてもおかしくないのに、そんな様子はまったくない。律動は激しくはないものの、ひと突きが深く、強かった。

「……あっ、あ……また、私……っ」

まだ痛みも圧迫感もあったが、大切にされている想いがよく伝わってきて、それが苦痛を上回る快感を連れてくる。蜜壺が男根をきつく締めつけ、フィオナは小さな絶頂を迎えた。

「……あぁ……っ！」

激しくないから絶頂は小さいが、何度もビクビクと震えてしまい、息も絶え絶えになる。

レックスは息を詰めて吐精を堪えると、また腰を動かした。

気持ちいい。彼が与えてくれる愛撫はどうしてすべて気持ちいいのだろう。

「フィオナ……君の蕩けた顔は、とても、いい……」

うっとりと見惚れながら言われ、フィオナは慌てて顔を背けた。身じろぎしたせいで肉竿が当たる場所が変わり、それもまた感じる場所だったようで、甘い喘ぎ声を上げてしまう。

レックスがその隙に両手を捕らえ、指を絡めて握り締めながらシーツに押しつけた。

「見せてくれ。俺で感じている君を、きちんと確認したい」

「……は、恥ずかしい、ですから……だ、め……ぇ……!!」

「恥ずかしがらせてすまない。だが見たい。俺が君を乱してよがらせている姿を……！」

急に激しくなった律動によって、喘ぎが止められなくなる。

結局食い入るように顔を見られたまま、新たな絶頂を迎えてしまう。吐精しているときですら視線が外されず、淫らに達した姿をしっかりと見られてしまって恥ずかしい。

だが羞恥する姿もレックスの欲望を煽るようだ。その顔もいい、などと熱く囁かれ、再び漲った肉竿に貪られる。最後にはわけがわからなくなり――フィオナは意識を失った。


翌日、目覚めたのは昼をとうに過ぎてからだった。

全身が怠く、頭の中がまだ快感を残してぼんやりとした目覚めだった。昨夜から事態を悟っていた使用人頭の気配りにより、入浴や着替え、食事などは、フィオナがいつ目覚めてもいいように整えられていて、その世話はレックス自らが甲斐甲斐しくしてくれた。

嬉しいが、気恥ずかしさと申し訳なさの方が強い。自分でできるからと断っても、体力を使わせてしまったのだからとレックスは一切聞き入れなかった。

そして困ったことに、彼に色々と世話をしてもらうのは想像以上に快適で、甘いひと時でもあり――何だかんだ言いつつ、彼の一番傍にいられることが嬉しくてされるがままになってしまった。

だから二、三日は世話をしたいと言われたときも頷いた。あとからローレンスが予定の組み直しや仕事の割り振りにかなり大変な思いをしたと使用人たちの噂話で知り、本当に申し訳ない気持ちになった。

レックスは屋敷の中で仕事ができるように手配し、フィオナの傍にできる限りいてくれた。そして夜は一緒に眠り、優しく――ときに息もつけなくなるほど激しく抱かれる。翌日は朝食の時間に起きられず、レックスが食事を運んでくれ、手ずから食べさせてくれる始末だった。

ローレンスもエイドリアンから、『レックスがいちゃいちゃしている⁉　喜ばしいことだよ……嬉しくて涙が止まらないな……！　ああ、わかっている。三日間くらい、新妻といちゃいちゃしまくるといい！』と言われたらしく、仕事に関わることはできる限り遠ざけてくれた。

まだ新妻ではないと、誰か訂正してくれたのだろうか。妙なところが気になる。これではもう新婚生活のようだ。

明日からは通常通りの日々になる三日目の夜、レックスはベッドの上にフィオナを座らせタオルで丁寧に髪を拭きながら、実につまらなさそうに嘆息した。フィオナ以外の者が見れば、彼の表情にも声にも感情はほとんど含まれていないのだが。

「明日から、君の世話ができなくなる……」

「お仕事優先ですから、仕方がありません。レックスさまがいらっしゃらないと困る方がたくさんいらっしゃいますもの」

前もって準備しての休暇ならばまだしも、今回は突然だ。この三日間でローレンスの目の隈がずいぶん濃くなっているところを見れば、レックスの不在は様々なところに影響があるのだろう。

「三日間もレックスさまを独占させていただけてとても嬉しかったです。次は、し、新婚旅行……でしょうか……」

口にしてから急に恥ずかしくなり、フィオナは耳まで真っ赤になって身を縮める。丁度乾かし終わったようでレックスがタオルをサイドテーブルに適当にたたんで置いたあと、後ろから抱き締めてきた。

「君は新婚旅行まで待てるのか」

前に回った両手が胸の膨らみを包み込み、そっと押し上げてきた。

毎晩抱かれているおかげか、初めてのときのような性急な仕草ではない。官能を導き出すように、柔らかく胸を揉みしだいてくる。

寝間着は薄く、室内の抑えた光の中でも肌の色がうっすら透けてわかるほどだ。頼りない肩紐のワンピースデザインの寝間着の下は、さらに頼りない下着一枚だけだった。脱がしやすさを優先したもので、両側を腰のあたりで結ぶデザインだ。

レックスが背中にぴったりと身を押しつけてくる。足を開き、膝の間にフィオナを抱え込んで、両の人差し指の腹で胸の頂を撫で回してきた。

「……ん……っ」

小さく甘い喘ぎを上げると、レックスが嬉しそうに息だけで笑い、耳の後ろを舐めくすぐってくる。特に右耳が弱いことをもう熟知していて、複雑な窪みにも尖らせた舌を潜り込ませて舐め回してきた。

「……ん……あっ、耳……弱い、んです……っ」

背筋がゾクゾクし、腰の奥と蜜口が疼き始める。もじもじと身を揺らすが、レックスは離さない。

「知っている」

だからしているんだ、とそのあとに無言で続けられたような気がする。愛撫に少々の意地悪が込められることも、この三日間で知った。

「……俺以外にも、それを知っている奴がいるのか？」

「いません。レックスさまだけです」

即答すれば安心したような嘆息が耳をくすぐる。それにすら感じて身を震わせた。

「すまない。つまらない嫉妬だ」

（そういう嫉妬は、好き）

彼の想いが自分にだけあると感じられて嬉しい。フィオナは肩越しに振り返り、丁度顔を覗き込むような体勢になっていたレックスの唇に、ちゅ……っ、と軽くくちづけた。

レックスが驚きにかすかに身を強張らせたのは一瞬だ。フィオナからしたのが相当嬉しかったようで、熱烈で官能的なお返しをされる。

うっとりと目を閉じるフィオナの胸を愛撫していた手が脇腹をなぞり、腰の括れに辿り着いた。まろやかな後ろの双丘を撫で下りて、寝間着の裾から中に入り込む。

直接太腿をなぞられ、フィオナはくちづけの合間にあえやかな吐息を零す。レックスが舌先を擦り合わせつつ下着の結び目を素早く解き、薄い布地をあっという間に取り払った。

背後から伸ばされた両手が内腿を優しく押し開く。たった三日間とはいえ濃密で愛情に満ちた夜を過ごしたフィオナの身体は未来の夫の求めにすぐさま応じ、秘められた場所はしっとりと濡れていた。

レックスが両の指を使って花弁を押し開く。くちゅり、と小さな水音とともに開かされた割れ目から、熱い雫が零れた。

「……あ……っ」

指先でそれを優しくすくい取り、レックスは蜜口の浅い部分を柔らかく指で掻き回した。

「……ああ……もうこんなに濡れてくれている……」

はしたない反応に対する羞恥は、レックスの嬉しそうな声で辛うじて打ち消された。フィオナがレックスを求めることを、彼はとても喜ぶのだ。

「……ごめ……なさ……こんなに、早く……」

「謝る必要はない。俺は嬉しい。もっと可愛がってやりたくなる」

愛蜜でたっぷり濡れた指先が膨らみ始めた花芽を捕らえ、捏ね回した。そこも弱い場所だ。

「……んっ、ん……あぁ……っ、そこ、も……弱……い、から、駄目……っ」

ぬるぬると擦られ摘まれ、優しく押し潰され――堪えきれずに濡れた声で懇願すると、強く擦り立てられる。次々と絶え間なく与えられる指戯に耐えられず、フィオナはあっという間に小さな絶頂を迎えた。

「……あぁ……っ‼」

レックスの肩口に後頭部を擦りつけるように仰け反って達する。柔らかく蠕動する蜜壺の中に、レックスはすぐさま長い指を押し入れてきた。

達したばかりの蜜壺は敏感すぎて、狙いを定めて一番感じる膣壁の上部を押し上げられては、さらに強い快感に呑み込まれる。

「……や……ああっ‼」

ビクビクッ、と腰を激しく震わせ、レックスの指をきつく締めつけて再び達する。続けざまの絶頂にフィオナは大きく胸を上下させ、彼の胸に身を預けた。

レックスはそんなフィオナの顎先を優しく摑んで上向かせ、覆いかぶさるように上から唇を重ねてくる。官能的に絡んでくる舌が、達した様子を見られて嬉しいと伝えてくる。

少し息が整うと、指が引き抜かれた。蜜でまみれたそれを口元に引き寄せ、レックスは躊躇いもなくそれを口にする。

（ど、どうしていつもそれを……レックスさまは口にされるの……っ）

美味しいものとはとても思えないのに、レックスは必ずと言っていいほどフィオナの愛蜜を味わう。彼にしてみればとても美味なものらしいが、フィオナにとっては羞恥しかない。

丁寧に舐め取って味わったあと、レックスは不満げに眉を寄せた。

「やはり……これではとても足りない」

言ってレックスはフィオナの身体を前に倒した。力が上手く入らない身体は、容易くベッドの上に両手と両足をついた体勢にさせられる。

寝間着の裾が腰の辺りまでめくれ上がった。後ろの双丘から足にかけて丸出しになっていることに気づき、今更ながら新たな羞恥がこみ上げてくる。レックスにこの身体のすべてを知られているが羞恥はそう簡単に消えず、彼を欲しい気持ちのまま奔放にはなれない。

レックスはフィオナの背後から動かない。これでは恥ずかしい部分も丸見えになっているはずだ。

慌てて膝を閉じながら振り返ろうとすると、レックスが臀部を摑んで割れ目を押し広げてきた。

「……きゃ……っ」

外気を蜜口に感じ、そのひんやりとした冷たさに驚く。それだけ昂ぶっている証だ。

足を閉じようとしても彼の両手が臀部を摑んでいるからままならない。蜜を溢れさせる場所を食い入るように見つめられている気配を感じ、フィオナは身を震わせる。

「や……ぁ……見ない、で……」

レックスの姿が見えず、何をしているのか気配と触れられる感触からでしかわからないからか、いつも以上に羞恥心が募る。衣擦れの音がしたあと、ぴちゃ……っ、と濡れた音とほぼ同時にぬめったものが割れ目の中に入り込んできた。

「……ひぁ……っ」

躊躇う様子もなく、レックスは割れ目に鼻先を埋めるほど深く顔を押し込んで、蜜口や花弁を味わってきた。この三日間で巧みに動くようになった舌と唇が、蜜を求める。

「……ん……あ、や……っ」

臀部を摑んでいた手が一つ外れて、後ろから太腿の間に差し込まれる。そして中指の腹で花芽を擦り始めた。もちろん、舌の愛撫も止まらない。

「……ん……っ、んぅ……レックス、さま……っ、一緒は……駄目……っ。私、また……」

このままではすぐに達してしまう。涙ながらに訴えると、花芽を弄っていた指が離れた。

「……あ、あぁ……」

急に快感が遠のき、物足りない気持ちになる。蜜でたっぷりと濡れた指は今度は胸に伸ばされ、膨らみの先端を優しく撫で擦り始めた。

蜜でぬるついた指で、ただ乳頭を擦られる。だが蜜口を舌で嬲られながらされると、とても気持ちがいい。

「……ん、あ……レックス、さま……っ」

さらなる快感を求めて、知らず腰を小さく揺らしている。レックスは嬉しげに笑うと、舌を蜜壺の中に差し入れてきた。

「……あー……っ‼」

ぬちゅぬちゅ、と、舌が激しく出入りする。強い快感が全身を走り抜け、フィオナはシーツについた両腕を震わせた。もう身体を支えていられない。

くた……っ、と肩から崩れ落ちても、レックスが太腿の間に顔を埋めているから、腰だけは高く上げたままだ。

淫らな激しい水音も快感を高める。フィオナは頬をシーツに擦りつけて喘いだ。

「……ふ、ぁ……ああー……っ！」

新たな絶頂が迫り、阻むこともできないまま達する。溢れ出した熱い蜜が内腿を滴り落ちていく感触に打ち震えるが、レックスは口淫をやめない。

「……ま、待って……私、もう……いっ、て……る、から……んぅ……っ」

感じすぎておかしくなるところを的確に容赦なく攻められ続ければ、わけがわからなくなってしまう。とんでもない粗相をしてしまいそうで止めようとするが、レックスは聞かない。

「まだ……足りない」

細腰に腕を絡めて崩れ落ちそうになる下肢を支え、レックスがさらに強く蜜口を舌で弄り回した。

舌の愛撫は気持ちいい。だがそれではもう物足りない。もっと奥の――レックスしか許されないところへ、深く入ってきて欲しい。

そう口にはできず、頬をシーツに擦りつけて喘ぎを堪えるだけで精一杯だ。

胸を弄っていた指が蜜壺の中に潜り込み、ちゅぷちゅぷと蜜を絡めながら出し入れされる。

「……ん……んぅ……っ」

さらに淫らな喘ぎが零れそうになり、フィオナは反射的に口元に触れていたシーツを噛んだ。直後、それを叱るように指が三本に増やされ、別々の動きで中を擦られる。

「……んぁ……っ！　あっ、ああっ‼」

これまで以上に感じる場所を集中的に容赦なく攻められ、シーツから口を離してしまう。

普段は基本的に優しく愛してくれるレックスだが、こんなふうに時折火が点いたように愛撫に容赦がなくなる。

「……ん……あー……っ‼」

新たな絶頂を迎え、視界が快楽の涙で霞む。溢れ出た蜜をレックスは啜り味わうと、フィオナの背中に頼りがいのある胸板を押しつけてきた。薄い寝間着越しにレックスの体温がしっとりと感じ取れ、いつの間にか彼が一糸まとわぬ姿になっているとわかる。

「フィオナ、愛してる」

「……んぅ……っ」

耳元で甘く囁かれると背筋がゾクゾクし、小さく達してしまった。ぴったりと寄り添っているからこそその様を感じ取れたらしいレックスが、驚きに小さく息を呑んだ。

「……まさか、これだけで……？」

蔑みはなく、純粋な驚きだ。フィオナは打ち震え、羞恥で全身を薄紅色に染める。

「ごめ……なさ……」

嫌われないことがわかっていても、不安になってしまう。快感に震える声で謝ると、彼は優しく肩口にくちづけた。

「すまない、言い方が悪かった……。少し触れただけですぐに達してくれて嬉しい。それだけ俺が君を好くさせている証拠だ。君のその姿を見ると俺も昂ぶる。不安になる必要はない」

本当に？　と思わず確認しようとすると、レックスが感じやすい耳を舌と唇で攻めながら臀部を摑んでぐっ、と押し広げ、男根を飲み込ませてきた。

それは硬く、熱い。

「わかる、だろう？　俺のものが……君を欲しがっていることを」

耳への愛撫で背筋だけでなく、全身が快感に震える。それは蜜壺にも伝わり、入ってくる肉竿を、きゅうっ、と締めつけた。レックスがひどく感じ入った息を漏らす。

レックスがフィオナを包み込むように後ろから抱き締め、両手で胸の膨らみを甘く揺らす。

「……とても、いい……君も、いい、か……？」

問われるまでもない。恥じらいながらもフィオナは肩越しにレックスを見返して微笑んだ。

「いつも、気持ちいい、です……」

「……っ」

直後、レックスが小さく息を呑み、乳房をぎゅっ、と強く摑む。同時に肉竿が膨らみ、圧迫感が凄まじくなった。

フィオナの胸を揉みしだきながら、レックスが腰を激しく打ち振ってくる。

「……あ……ああっ‼」

最奥を容赦なく貫く力強い突きを繰り返され、フィオナは膝をがくがくと震わせて崩れ落ちた。男根が抜けそうになり、レックスが不満げに眉を寄せてフィオナの両腕を摑む。

上体が強引に引き起こされ、汗ばんだ肌が打ちつけられる音が上がるほど激しく腰を打ちつけられる。フィオナは長い髪を律動に合わせて揺らし、快感の涙を散らした。何が彼の劣情を煽ったのかわからない。

本当に自分のものなのかと疑うほどに甘ったるい喘ぎと、レックスの抑えながらも乱れた呼吸音、繋がった場所から立ち昇る淫らな水音と甘酢っぱい性的な香りに頭の芯が蕩けてしまう。

「……フィ、オナ……っ」

呻きにも似た声で時折呼びかけながら、レックスは蜜壺を蹂躙《じゅうりん》してくる。乳房を律動に合わせて揺らしながらフィオナが上体を仰け反らせて達すると、すぐさまレックスもあとを追って熱い精を吐き出した。

「……ふ、ぁ……あっ？」

最奥に広がっていく熱に感じ入る間を与えず、レックスがフィオナをシーツに押しつけた。背後から身を重ね、乳房が卑猥なかたちに潰されるほどのしかかられる。そのままで再び腰を打ちつけられ、新たな快感に震えた。

彼の身体が重しになって、身動きが取れない。だがその束縛すら心地良く思えるのだから不思議だ。

髪の間に鼻先を潜り込ませ、レックスは感じる耳や項を、舌と唇で愛撫する。尖らせた舌先が耳中に入り込み、ぐちゅぐちゅと唾液が絡む音だけでも小さな絶頂を迎えてしまう。

やり過ごす。
「……んぁ……！」
蠕動する蜜壺の中を攻めながらも、レックスは達しない。亀頭を子宮口に押しつけたまま、
そして次にはフィオナの足首を摑んで横向きにさせ、足を縦に割り開いて押し入ってきた。
互いの下肢が卍で繫がり合い、奥深くまで容易く入り込まれてしまう。
レックスはフィオナのすらりとした片方の足を抱き込み、ふくらはぎに舌を這わせながら
ずんずんと腰を突き入れた。
「あっ、あっ、あ……っ！」
喘ぎ続けて、声が掠れる。レックスが踵を咥え、口中で舐め回した。唾液で濡れた舌先は
土踏まずをねっとりと舐め上げ、足の指も指の間も味わわれる。
「……や……そ、んなところ……っ」
足の小指を甘噛みされると不思議な快感が広がり、フィオナは大きく震えた。反射的に逃
げ腰になると、レックスが下になっていたフィオナの足に馬乗りになり、自分は上体を倒し
て腰をぐりぐりと押し回す。
「……ひぁ……あ……っ‼」
柔らかく弾力のある下の袋にまで蜜口を擦られ、堪らなく気持ちがいい。そして逃げよう
としたことを叱責するかのように花芽の皮を剝かれ、指で押し潰される。

「ひ……っ‼」

すぎる快感は苦痛と紙一重だ。絶妙に快感だけを与えられ、フィオナはまた達してしまう。レックスが嬉しそうに微笑む気配が伝わってくるが、快感の涙で視界がけぶってよくわからない。だからフィオナは思うのだ。

（レックスさまの顔を見て……したい……）

普段から寡黙なレックスは、情事も同じだ。フィオナを大切に抱いてくれるが、密着していない体位のときにはひどく遠く感じることがある。

まだ吐精していないレックスが再び腰を動かそうとして、ふいに動きを止めた。フィオナの頬を片手で包み込み、視線をこちらに向けさせる。

「どこか辛くしたか……？」

申し訳なさげに眉を寄せて尋ねられ、フィオナはそっと首を左右に振った。

「……違います……とても、気持ちいい、です……」

ただ、と続けるのをレックスは心配げに見守っている。優しい人だ、と改めて思う。

「くっついてするのが……好き、です。レックスさまの顔と声と肌が近いのが、好き……」

「……そ、うか……すまない。君が気持ちいいのならばそれでいいと、慢心してしまった」

何かに衝撃を受けたように頷き、レックスがフィオナを優しく抱き起こす。腕の中に包まれ、フィオナは彼の胸に頬をすり寄せた。

「これでいいか」

「はい……で、でも、この体勢以外でも気持ちいいのは変わりなくて……」

「わかっている。だが……俺も君と同じだ。君を近くで感じるやり方が一番気持ちがいい」

ふ、と唇の端に愛おしげな微笑を含んで言われると、胸がきゅんっ、ときめき、蜜口が自然と潤む。身じろぎしただけで小さな水音が上がってしまい、レックスが優しく腰を抱き寄せてきた。

「次は向かい合って……顔を見て、しよう」

それはそれで恥ずかしいものだと気づいてしまうが、自分から言ってしまった手前、拒むことはできない。かすかに頷くと、レックスが胡坐《あぐら》をかいた膝上にフィオナを座らせた。

臀部だけを摑まれて支えられ、重心が不安定になり、自然とレックスの首に腕を絡めてしがみついてしまう。意図しなくとも互いの顔が近づき、彼がわずかに目を細めた。

くちづけを強請られていると感じるのは、気のせいではないだろう。次はフィオナが応える番だ。

軽く息を吸って勇気を溜めると、フィオナはレックスの唇を軽く啄む。わずかに唇を離して見返すと、間近にあるアクアマリン色の瞳の奥に、喜びと——それを上回る情欲が生まれた。

「もっと、だ」

求められる声に頷き、改めて唇を重ねる。拙いながらもレックスのやり方を真似てみると、彼が驚いてかすかに息を呑んだ。

だが抵抗は一切なく、されるがままだ。上手くできているかどうかはよくわからないのだが、気持ちは伝わっているようだ。

「……ん、ふ……んぅ……っ」

角度を変えて何度もくちづけ、小さな舌で彼の口中をまさぐる。自分からするのも心地良いが、やはり彼にしてもらう方が何倍も快感に繋がるとわかった。

(だから物足りない……などと、思うのかしら……)

くちづけに専念していたせいでレックスの動きにまったく気づけなかった。ぬちゅ、と湿った丸みのある感触が蜜口に触れたと思った直後、臀部を引き下ろされる。

「……んぁあっ！」

身構えていなかったせいで自重も加わり、あっという間に男根を最奥まで飲み込んでしまう。張り詰めた先端に子宮口を押され、視界が明滅するほどの快感に襲われた。

「……あ、あぁ……っ」

何が起こったのかわからず茫洋とした目を向けて打ち震えるフィオナを、レックスは愛おしげに見返す。そしてしっかりと臀部を掴み直すと、強靭な腰の動きで突き上げ始めた。

「……あっ、あ……あ……っ」

揺さぶり上げられ、勢いよく戻る。子宮の中にまで入ってくるのではないかと思うほどの突き上げは、フィオナの意識を蕩かす強烈な快感を与えた。

蜜壺が食いちぎらんばかりに肉竿を締めつける。レックスも同じように強い快感を覚えているようで、きつく眉を寄せ、小さく息を弾ませていた。臀部を掴む指にますます力が入り、わずかな痛みを覚える。

精悍な頬を汗の雫が滑り落ち、ぎらついた瞳でじっと見つめられる。時折舌なめずりをしながら深く突き上げられると、乳房や乳首が硬い胸板に擦れて気持ちがいい。

「フィオナ……っ」

臀部を掴んでいた手が背中に回り、ぎゅっ、と抱き締めてくる。全身がレックスの温もりに包み込まれるが、たった一つだけ、繋がっていない場所に気づく。

直後にはどちらからともなく唇を重ね、舌を絡め合い、唾液を交換する。

なんていやらしいくちづけを覚えてしまったのだろう。もう知らなかった頃には戻れない。

（この人を、雲の上の人として見上げていた頃には戻れない……）

レックスの腰の動きが激しくなり、フィオナはもうただ揺さぶり上げられ、喘ぎを漏らすことしかできなくなった。彼も気遣う余裕がなくなったようで、くちづけたままガツガツと腰を突き上げてくる。

こんなふうにめちゃくちゃに求められるのも、好きだ。その気持ちがフィオナを絶頂に連

れていく。

「……んぅ……っ‼」

腕も足もレックスの身体に絡ませて強くしがみつきながら、フィオナは達する。彼も同じように抱き返しながらほぼ同時に胴震いし、熱い精を吐き出した。

「ふ……ん、んぁ……っ」

吐精は長く多く、繋がった場所から漏れ出すほどだ。それだけ求められていることがわかって嬉しいが、内腿を湿らせていく熱い感触にはやはりどうしても羞恥が拭えない。

ようやく唇が離れ、互いに大きく息を吐いて目を合わせる。レックスが汗で頬や額に張りついた髪を優しく払いのけてくれた。

「君の顔を見てするのが、一番気持ちいい。これから最後は、顔を見てしよう」

快感の余韻に浸りなら頷いたフィオナだったが、ふと気づいて内心で青ざめた。

(さ、最後は顔を見てって……夜の営みが一度で終わることはない、ということ……？)

結婚前からこの状態ならば、結婚後は——誰からも睦み合うことを阻まれないことになったら、どうなるのか。想像すると、体力が保つのかどうか不安になってくる。

「どうした」

「……あ……い、え……その……体力作りをしようかな、と……」

「体力が必要な令嬢教育があるのか？」

（これも令嬢教育と言えばそうかも……。ええ、そうよ。そう思うことにしましょう！）

頷けばレックスがふいに黙り込んだ。少しのあと、不満を滲ませる瞳を向けながら続ける。

「……いや、そこまでしなくてもいい。俺の妻になるために苦痛を覚えるようなことは、できる限りやめて欲しい。教師たちには俺から言っておこう」

「い、いえ、その……そういうことではなく……！」

慌てて事情を説明すればレックスは衝撃を受けたあと、とても苦しげに提案してくれた。

「わかった、回数はよく考えよう……。君の身体に負担を掛けないよう気をつける。無理をさせてすまなかった」

「無理などでは……‼　わ、私だってレックスさまが欲しいと思うときがあるのですから、変に遠慮などなさらないでください」

「そうか、君も俺を……嬉しい……」

はしたない言葉だったと俯くより早く、レックスが心からの嬉しそうな笑みを見せる。

その笑顔に胸をときめかせると、蜜壺がまだ中に留まっていた男根を締めつけた。直後、吐精して萎えていたはずのものが、あっという間に硬く雄々しくなる。

驚いて互いに無言で見つめ合ってしまったが、何よりも欲しがっている気持ちの証だとわかり、これまた互いに苦笑し合った。

「……まったく……君の前では俺もただのケダモノだな……」

「私も、レックスさまの前ではただのはしたない女になってしまいます……」

レックスがくちづけながらフィオナをシーツに仰向けに押し倒す。繋がったままそんなふうにされれば蜜壺の中で亀頭が膣壁を甘く刺激して、また新たな快感がやってきた。

レックスが瞳を覗き込んで言った。

「もう一度、君が欲しい」

幸い、明日の午前中の授業は座学だけだ。歩けさえすればいい。

フィオナは真っ赤になりながらもしっかりと頷いた。

「私も、レックスさまが欲しい……です」

【第五章　悪意に満ちた障害】

レックスに婚約者ができたことは、社交界に一気に広まった。ベレスフォード伯爵夫妻が発端だったが、比較的好意的な噂になっている。

『お相手のフィオナ嬢はとても奥ゆかしくて、レックスさまを立てていらっしゃる可愛らしいご令嬢だったわ。今度、一緒にお茶をしましょうと約束したの。所作も話術も洗練されていて……レックスさまに相応しくなるために、とても努力されているのね。いいご令嬢よ』

——そんなふうにベレスフォード伯爵夫人があちこちの社交場に顔を出しては言ってくれているという。

初対面なのにどうして、と不思議に思ったが、劇場でのベレスフォード伯爵夫妻とレックスのやり取りを思い返すと、何となくその理由がわかるような気がした。

レックスは二人に気に入られ、息子のように可愛がられているのだろう。そしてレックスもなんだかんだ言いつつ、二人を受け入れている。だが普段のレックスは表情が乏しく寡黙だから、親しくない者は伯爵夫妻と彼との微笑ましい関係に気づけない。

（きっとこんなふうに、皆が気づけていない関係性をレックスさまは作り上げていらっしゃるのだわ……）

——見た目だけで判断する者のなんと多いことか。

故郷ではそんな社交はほとんどなかった。皆が顔見知りで、身分の差は単なる役割の差でしかなかった。貧しいというわけではないが財政に潤沢な余裕がある領地でない分、皆が自分にできることを精一杯して、助け合うことが当然だった。

だからこそ、己を優先するばかりの叔父たちのやり方を絶対に許してはならないと、フィオナは改めて強く思う。

（でもあともう少しよ。叔父さまたちが関わっていた犯罪組織についても調べが大詰めだというし……）

その後の報告から、叔父たちが関わった賭場は、地方貴族の——所謂世間知らずで少々裕福な貴族を狙った犯罪組織であることがわかった。

気づけば借金まみれにさせ、娘を身売りさせたり、領地や爵位を売却させたりしているという。まだ王都にまでその名が鳴り響いてはいない犯罪組織だが、このまま放置していれば資金が潤沢となり、もっと大きく厄介な組織になる可能性があった。

その日、レックスはエイドリアンに調査内容を報告し、今後のためにもこの組織を壊滅させる許可を得に王城に向かった。このまま叔父が餌食となり、貴重な採掘場までいいように扱われては国益に関わる。

屋敷に戻ってきたレックスから執務室に呼ばれたので茶を出したところ、彼はフィオナをソファに促し並んで座ってから色々と教えてくれた。エイドリアンに渡された報告書の内容を教えてもらうにつれ、また一歩、叔父たちとの戦いに向けて進展したことを実感した。

そこでデイヴが王都にやってきていることも知らされる。

(王都に、デイヴが来ている……‼)

一瞬だけ、身が強張る。あの劇場での彼は気のせいではなかったのだ。

心が強張ったのはわずかの間で、すぐに疑問が頭に浮かんだ。

どうしてデイヴが王都に来ているのだろう。彼がここまで来る理由が思いつかない。

(まさか、私……？)

フィオナをアビントン領に連れ戻すために来たのか。レックスの策により借金地獄から解放されたと勘違いして、頃合いだと判断したのか。あるいはあのとき成し得なかったことを――フィオナを自分のものにするためか。それとももっと別の何かか。

もしもまたデイヴに襲われたら――心と身体が竦むが、フィオナはぐっ、と奥歯を強く嚙み締める。

(今度は負けないわ)

力で敵わなかったとしても、レックスに対して恥ずかしい真似だけは絶対にしない。改めてそう心に誓い、フィオナはレックスの報告の続きを聞く。

レックスはデイヴが関わる話をするときは、いつも以上に険しい表情で声音も硬かった。デイヴに対しての嫌悪感を全身から滲ませている。

「俺が仕掛けた賭場で勝たせているときもある。そのとき得た金で遊ぶつもりで来たらしい。出入りしている店を調べると、大体、酒場と女遊びだった。性根が腐った男だ」

（賭けに勝ったお金をそんなふうに使うということは……どんな意図のお金でも、手の中にあれば使ってしまうのは変わっていないのね……）

叔父・チャールズの思惑通りにデイヴと結婚させられ伯爵家を乗っ取られたら、領民がどうなっていくのかは予想通りだろう。フィオナは嫌悪感に満ちた溜め息を吐いた。

レックスがフィオナを優しく抱き締め、安心させるように髪を撫でた。

「奴の動向は見張っているし、あの男が出入りするような場所に君は無縁だ。だが万が一ということもある。気をつけてくれ。俺もできる限り君の傍にいる」

フィオナはもう、レックスの婚約者として社交界での地位を確立している。社交場でそのことを気に入らないとする令嬢たちに嫌味を言われたり小さな意地悪をされたりするが、レックスを怒らせたらどうなるかと一応は気にしているようで、堪えるほどのことはなかった。

罪に対して重すぎる罰をレックスが下したことはないはずだが、彼の厳しい瞳と言動、そして近寄りがたい雰囲気が周囲にそう思わせている。そんなフィオナに公の場でデイヴが気軽に近づくことはできないだろう。

「心配してくださってありがとうございます。もしも彼に会ったら平手打ちします」

レックスが無言で見返してきた。ひどく好戦的な言葉に驚き、咄嗟に返す言葉が見つからないらしい。

フィオナは未来の夫に微笑みかける。

「あのときの私は逃げるだけで精一杯で、何とか逃げたあとも怖くて悔しくて、すべての男性が敵のように思ったりもしました。このままずっと、誰かと愛を育むことができなくなるのではないかと不安になりました。でも、レックスさまのおかげで私は少し強くなれたような気がします。彼に穢されていても構わないとレックスさまが求めてくださったからです」

レックスがフィオナの目元に優しくくちづける。泣きたくなるほど温かく柔らかいくちづけだ。

「あの男が君につけた傷が癒えるよう、俺は君に尽くすだけだ。大したことではない」

「そう言ってくださるから、私は強くなれます。もしデイヴがまた私に手を出そうとしたら、平手打ちです。容赦はしません」

怯えて震えていては、襲い来る敵に食われるだけで終わってしまう。そんなことはもう絶対にできない。どんなフィオナでも欲しいと言ってくれたレックスの愛に応え続けたいから、反撃してやる。

レックスがふ、と口端に淡い笑みを浮かべた。

「いい心がけだ。だが無茶だけはするな。今は俺が君の傍にいる。一人で何とかしようとせず、俺を頼れ」

（ほら、こんなふうに私を甘やかすから……）

愛しい気持ちが溢れ出る。だからフィオナはレックスの胸に頬をすり寄せ、ぎゅっ、と抱きつきながら言ってしまうのだ。

「大好きです……」

腕の中でレックスがかすかに身を強張らせる。彼はしばしされるがままになっていたが、フィオナが動かないでいるとやがて少々不満げな声で続けた。

「ずっとこのままでいないと駄目か。君にくちづけたい」

声に情欲が滲んでいて、触れ合うだけでは済まなくなると容易く予測できる。このあとレックスは残りの書類仕事を済ませなければならず、頃合いを見計らったローレンスがそろそろやってくるだろう。

フィオナは慌ててレックスの傍から離れようとした。

「だ、駄目です！　すぐには終わらないですから……!!」

「君は俺のことをよくわかっている」

レックスが腕を摑んで抵抗を容易く抑え、利き手で顎を包み込み、上向かせた。

あっと思ったときにはもう唇を重ねられて開かされ、舌が口中に差し入れられている。そしてフィオナの舌を搦め捕り、引き出して強く吸ってくる。

「……ん……んぅ……っ」

このまま情事になだれ込んでもおかしくはないほどに甘く官能的なものだ。せめて止める意志を見せなければと、レックスの胸を両掌で押しのける。

もちろん、この程度の力ではまったく足りない。レックスは抵抗しなかったがやめず、それどころかこちらの反応を楽しんでいるふうにも思えた。

しばらくそんな甘やかな攻防戦をし、フィオナがぐったりとレックスの胸にもたれかかってしまったところでようやく彼の唇が離れた。これ以上されずホッとするが、身体の奥が疼いてしまって少し困る。

レックスから愛情をたっぷりと注がれているからか、こんなくちづけをされたらすぐにでも彼が欲しくなってしまう。熱い瞳を彼に向けてしまいそうになり、フィオナは慌てて首を小さく左右に振った。

（ここで私が欲しがってどうするの。レックスさまのお仕事の邪魔をするわけには……）

するり、とレックスの大きな手がフィオナの頰を撫でた。ただ撫でられただけなのに背筋がゾクゾクするほどの心地良さがやってきて、ひどく敏感になっていると自覚する。

「仕事を放るわけにはいかないから……ここまでだな……」

いながらも頷いたが、彼は無言で頬や髪を撫で続けた。やめる様子がない。

フィオナはぎゅっ、と強く目を閉じ、思い切って言った。

「……その、レックスさまが欲しくなってしまいますので、もうここまでで……！」

「そうか。……俺は今すぐ君が欲しいと思っている」

レックスは再び口を噤んでこちらをじっと見つめてくるが、その瞳は劣情を孕んで熱い。男の色気が滲む眼差しは、見つめられただけで全身を愛撫されているようだ。

下腹部の奥が疼き、フィオナは慌てて続けた。

「……お、お仕事が終わったのならば……い、いくらでも……」

レックスが嬉しそうに目を細めた。はしたないことを口にしてしまったことに今更ながらに気づき、フィオナは耳まで真っ赤になって目を伏せる。

「君から求められるのが一番の喜びだ。すぐに終わらせる。部屋で待っていてくれ」

やる気に満ち溢れた表情で言って軽く頭頂にくちづけてから、レックスが執務机に向かう。

フィオナは慌てて一礼し、退室した。

廊下に出て気持ちが落ち着くと、ふと気づく。

（もしかして、私が欲しがっているように仕向けられた……？）

情事の最中もよくフィオナから求めるように仕掛けられることが多い。

思い返すと彼の前でどんどんはしたなくなっているような気がする。だがそのたび、彼はとても嬉しそうだった。

（……意外に、欲しがりな方なのかも……？）

それが甘えてくれているようで嬉しいと思ってしまうのだから困る。フィオナは幸福な溜め息を吐いた。

ベレスフォード伯爵夫人が主催する茶会が行われ、フィオナはレックスとともに参加した。あのときは二人きりでとのことだったが、ベレスフォード伯爵だけでなくお忍びでエイドリアンと王太后もやってきて、それなりの人数の茶会になった。

皆がそれぞれ菓子の手土産を持ってきていてテーブルの上はとても華やかになり、その様子に笑い合う。まさに家族のような、親しみ深い和やかな時を過ごした。

フィオナは始めこそ緊張で少々ぎこちない返答しかできなかったが、それもレックス以外の者たちの会話運びによりずいぶんと解れ、最後には楽しい気持ちだけが残った。

一番驚いたのは、ベレスフォード伯爵夫人と王太后、そしてレックスの母がともに親友と言い合えるほど親密な仲だったことだ。他にもここ以外では決して口にできないような話も聞かされ内心で青ざめたりもしたが、それがエイドリアンたちに受け入れてもらえた証に思えた。

　この茶会の様子は、翌日には社交界で噂になった。茶会にエイドリアンと王太后も参加し、フィオナはもう彼らの家族の一員として扱われていた、というものだ。悪い噂でないどころかフィオナが貴族社会で一目置かれるようになるものだ。

　極秘の茶会だったにもかかわらず噂が出、されにそれが好意的なものとなれば、仕組んだ者が存在する。おそらくはベレスフォード伯爵夫人だろう。

　レックスを婚約者にしているだけでなく、エイドリアンや王太后にも可愛がられるようになった令嬢として下手に手を出せないようにしてくれたことは、とてもありがたい。フィオナはレックスとともにベレスフォード伯爵夫妻に礼の品を送ったり屋敷に招待したりなどして、自然と交流が増えていた。フィオナの後ろにはベレスフォード伯爵夫妻がいると社交場では認知されつつもある。

　そのせいで遠巻きにされることも多いが、これは相手を見極める絶好の機会だ。この状態で友人の絆を作れる者ができたら、それはきっと長く続く大事な関係になるだろう。

　しかし精力的にレックスの婚約者として社交に関わっていき、さらに自分の中で気持ちを整理し昇華していくフィオナの様子を見て、レックスは不満げだった。

　今夜はレックスと仕事の関わりを持つ伯爵子息主催のパーティーがあり、会場の屋敷に向かう馬車の中でレックスに不満があると切り出された。

「これでは何の手助けもできない」

かすかに揺れる車内で一瞬何を言われているのかわからず、フィオナは茫然とレックスを見返した。

「……え、あの……どういうことでしょうか……」

「君は芯が強すぎる。俺は君を甘やかしたいのにできない。世の女性たちは愛する者に甘えるのだと聞いたぞ」

むっつりと不満げな表情には震え上がってしまう者が大半だが、フィオナにとっては彼の愛情が伝わってくる愛おしいものだ。

「充分、甘えています。叔父たちの件はすべてレックスさまにお任せしっぱなしですし……」

「それでいい。荒事は俺がやる。君に万が一のことが起こってからでは駄目だ。この間も怪我をしただろう」

授業の復習をしていてノートをめくるときに誤って指先の薄皮一枚を切ってしまったが、血がほんの少し滲んだだけのかすり傷だ。だがレックスはまるで命に関わる怪我だとでも言わんばかりに問答無用で主治医を呼びつけ、怪我の手当てをさせたのだ。

「レックスさまは心配性です……」

「君に対してはそのくらいで丁度いい」

手当てのときと同じことを改めて口にすると、即座に反論される。フィオナは苦笑した。

ずいぶんと過保護な気質に驚いたが、大事にしてもらえているのだと実感できて安心もした。何があってもレックスが後ろで見守っていてくれるのだとわかると、尻込みしそうなときやこれでいいのだろうかと不安になるときも、自分らしさを失わずに背筋を伸ばして立つことができる。

そうでなければ王都の社交界についていくことができず、領地に逃げ帰るかレックスの背中に隠れ続けるばかりだっただろう。

それに令嬢教育によって自信もついてきた。教師たちもフィオナを田舎貴族と馬鹿にすることは一切なく、むしろへこたれずに授業についてくる心根を褒めてくれていた。そして学んだことを身に着ければ、惜しみなく賞賛してくれる。褒められることが次のステップへ向かう原動力になることを、フィオナはここで改めて知った。

教師に言いにくい悩み事や不満などはクラリッサが聞いてくれる。慣れないことの方がまだ多い社交場では、クラリッサだけでなく王太后の友人たちがさりげなく助けてくれた。

婚儀の準備は作法やしきたりなどもあり手間がかかってどうしても時間がかかってしまうが、それも順調に進んでおり、レックスも協力してくれている。

「とにかくもう少し君に何かさせてくれ」

「わかりました。でもどうかほどほどでお願いします」

そんなやり取りをしていると馬車が到着した。レックスのエスコートで屋敷の中に入る。

こちらの伯爵は比較的レックスと友好な関係の人物と教えてもらっている。自らの財力や権威をひけらかすような華やかで煌びやかなパーティーではなく、とても好感が持てた。

とはいえ招待客はそれなりに多く、あまり社交の場に顔を出さないレックスと繋がりを持とうと、次々と声をかけられる。気疲れを心配したレックスは早々に帰ろうとしたが、フィオナは押し留めた。

腹の探り合いのような社交はひどく疲れるが彼の伴侶として生きていくとなれば、決して逃げられない。ならば自分なりの人脈を作り、何かのとき彼の役に立てるようにしたい。

「もう少しここにいさせてください。お友だちになれそうな方を見つけたいですし」

レックスは無言だったがアクアマリン色の瞳が無理をするなと言っている。フィオナが笑顔を返すと仕方なさそうに嘆息したが、それ以上は何もしなかった。

一連のやり取りはレックスがフィオナを強烈な威圧感で叱責していると見えたらしく、遠巻きにしていた者たちがひそひそと何やら囁き合っていたが、気にしない。

しばらくすると、自然と女性たちがフィオナを、男性たちがレックスを取り囲むようになった。正式な婚儀を迎えていないならばまだチャンスがあるのではないかと妻の座を狙う令嬢たちから彼の情報を聞き出そうとされ、フィオナは笑顔の裏でうんざりしてしまった。

（苦手だとか近寄りがたいとか囁くくせに、げんきんなものよね……）

そんな彼女たちにレックスの素敵なところを一晩中でも語ってやりたいが、そのせいで彼の人気が高くなるのはあまり嬉しくない。結局自分も我が儘なのか、などと少々自己嫌悪に陥る。

とはいえ、令嬢や夫人たちとの社交は問題ない。時折レックスの視線を感じて見やると、彼の瞳が心配そうにこちらに向けられていて、その都度、安心させる笑みを返す。

(もう、本当に心配性なのだから。あら……?)

上品にざわめく人々の中で、ふと、一人の令嬢が目についた。

控えめな色合いのドレス姿の可愛らしい令嬢だ。フィオナよりも年下のように思える。壁にもたれかかるように俯いていて、具合が悪そうだった。

儚げな印象もあり、心配になる。丁度彼女の周囲に人はおらず、少し離れた場所にいる者たちもレックスと話せる機会を狙っていて彼女に背を向けている状態だ。ならば気づいた自分が声をかけるべきだろう。

話しかけてくる女性たちからさりげなく抜け出そうとすると、レックスの視線を感じた。突き刺す強い視線に、身振りで具合の悪そうな令嬢のことを伝える。

そちらを一瞥し、レックスは納得したように頷いた。本当に心配性で過保護だ。

フィオナは令嬢の傍に近づき、驚かせないようそっと声をかける。見返してきた彼女の顔は、真っ青だった。

「……大変。歩けるかしら……？」

「は、い……申し訳ありません……」

令嬢の手を取って肩を抱いて支え、使用人に声をかける。

すぐさま状況を把握した使用人が数名令嬢を取り囲み、控え室へ連れていく。令嬢の不安げな顔をみとめ、フィオナもついていくことにした。

控え室のカウチソファに寝かせると、令嬢は安堵の息を深く吐いた。言葉少なげにこの日が一人で社交に参加する日で緊張していた上に、やたらと異性に声をかけられて戸惑ってしまい、気分が悪くなったとのことだった。

しばらく休ませておけば大丈夫だろうということになり、フィオナはレックスのもとに戻ることにする。互いに名前を教え合うと、令嬢は恐縮し何度も礼を言ってくれた。

その様子に好感が持てた。次に会えたときには、気安く話ができるかもしれない。

人助けだとはいえ、会場にレックスを残してしまっている。フィオナは急ぎ足で戻った。

この辺りは人気がなく、廊下も静かだ。使用人に令嬢の介抱を任せたため、フィオナは一人だった。

少し歩くと、廊下の壁にもたれかかってじっとこちらを見ている貴族男性がいた。レックスほどではないが強い視線にゾワリと怖気を覚え、知らず足を止める。

なぜそんなふうになったのか不思議に思いながら改めて男性を見やり、フィオナは反射的に声にならない悲鳴を上げた。

（デイヴ……⁉）

どうしてここに、と思うより早く、本能で逃げようとしている。だが絨毯《じゅうたん》の毛足にヒールの踵を取られ、よろめいた。

素早くデイヴが距離を詰め、フィオナの腕を掴む。痛みを覚えるほどの強さにフィオナは青ざめた。

——力づくで彼に押さえ込まれたときの恐怖と嫌悪感が一瞬にして蘇って全身を支配し、震える。

「やあ、フィオナ。元気そうじゃないか。気鬱はだいぶ治ったようだね」

（離して）

そう口にしたはずなのに、声が出ていない。唇も動いていない。

フィオナは目を瞠ったまま、デイヴを見返すだけだ。

「わざわざクラリッサのところまで迎えに行ったのに、君はいないと言われたよ。しかも今はどこにいるのかわからないなんて、気鬱状態の友人を預ける相手ではないということがよくわかったよ。父上の言いなりになどもうならないから、一緒にアビントン領に帰ろう」

蕩けるほど優しい声と表情でデイヴは言う。青ざめたまま答えないフィオナの腰に片腕を回して抱き寄せ、鼻先が触れ合うほどの至近距離で彼は悲しげに続けた。

「あのときは悪かった。あんなふうに無理矢理になんてもうしない。君が僕を欲しがるようになってくれるまで、ゆっくりと愛を深めていこう」

そしてそうすることが当然だとでも言うように、くちづけてこようとする。

（やめて。私に触れていいのはレックスさまだけ）

デイヴはフィオナの気持ちに一切構わず、まるで己の所有物のように扱ってくる。そもそもなぜ、フィオナの愛が自分にあると思っているのか。

（愛しているなど、一言も言われたことがないのに）

代わりに「僕の愛がわかるだろう？」と言われることはあった。言葉にしてもいない想いを悟ってもらおうとするなど、なんて厚かましい。レックスとは真逆だ。

レックスが不必要に感情を面に出すことをしないのは、単に不器用なだけだ。だが大事なときは、真摯に自分の言葉で想いを伝えてくれる。

今まで知らなかったからとフィオナへの愛に戸惑っても、偽ることはしない。なぜそう思うのか、どうしてそうなるのかを自分の中できちんと考え消化し、相手に押しつけていないかと気遣ってくれる。

そして今ではフィオナへの愛を、言葉でも態度でも溢れんばかりに示してくれるのだ。

（――レックスさま）

レックスを想うと、恐怖と震えがぴたりと収まった。

近づいてくるデイヴのそこそこ整っている顔は、拒まれることを一切予想していない。それどころか触れられて喜ぶだろうと確信しているのか、勝ち誇った笑みすら浮かべている。

フィオナは無言のまま利き手を上げると、勢いよくデイヴの頬を張り倒した。

「……っ⁉」

結構な音がし、デイヴが大きく目を瞠ってよろける。

人を叩くことなど滅多にないから、こちらの手も痛い。その手を握り締め、フィオナは彼の抱擁から逃げ出した。

手を伸ばしても届かない位置まで離れると、侮蔑を隠さず冷たくデイヴを見返す。彼の方が背が高く必然的に見上げることになるが、心では完全に見下していた。

（こんな男に負けたくない）

それはデイヴも感じ取ったのだろう。気圧されたように息を呑み、言葉を失っている。

「許可なく私に触れないで」

「……な、にを……言って……」

「私とあなたはただの従兄妹。それ以上でも以下でもないわ。私は一人の男性としてのあなたを好きでもないし、今となっては親族としての情もない」

「フィオナ、いったいどうしたんだ……」

デイヴが叩かれた頬を押さえながら近づこうとする。フィオナは一歩退き、きつく睨みつけた。

「近づかないで。また叩くわよ」

デイヴが足を止める。フィオナは油断せず、彼の一挙一動を注意深く見守った。

ここで大声でも上げて、警備の者や使用人を呼びつけたい。だが不用意に大事にしてレックスに迷惑がかかるのは嫌だった。

（レックスさまならばその程度の迷惑を気にするな、と言ってくださるだろうけれど……）

「フィオナ、君はそんな乱暴な女性ではなかっただろう？」

「そうね、暴力は嫌いよ。あなたにされたから余計にそう思うわ。でも、必要ならば戦う。あのときのように怯えて逃げるだけでは自分を守れないもの」

（私の身体はもう私だけのものではないわ。レックスさまが愛してくれる、大事なもの）

だからあのときと同じ目に遭ったとしても、次は怯えるだけでは絶対に終わらせない。フィオナの決意は視線と表情に込められ、デイヴを威圧した。

再び息を呑んだデイヴが、気持ちを取り直すために深く嘆息した。

「君がハーディング公爵と婚約したと聞いたけれど……何かの間違いだろう？」

「本当のことよ」

「待ってくれ……君は僕に抱かれた身でハーディング公爵の妻になるのか？　それは不敬行為だよ。公爵は王族を離れたとはいえ、王弟だ。それが他の男のものになった女を妻に迎えるなど、周囲が許さないよ？」

本当に彼から逃げられたのかどうかという不安を、レックスが自ら証明して拭い、安心させてくれた。間違いなく、初めての男性はレックスだった。

はらわたが煮えくり返りそうになるほどの怒りがこみ上げてくるが、冷静になるよう努めてフィオナははっきりと言い返す。

「事実を勝手に作り上げないで。私はあなたのものになっていないわ」

「……それは、公爵が証明してみせたのかい……？」

デイヴの目が眇められる。頬に笑みは浮かんでいるが、瞳は笑っていなかった。

今度はフィオナが気圧されて息を呑んだが、視線は逸らさない。

「フィオナ、君は僕の妻になるべき人だ。二人でアビントン領を今まで以上に栄えさせよう。そのための資金も調達できつつある。父は財を食いつぶすろくでもないことしか考えられない人だが、僕は違うよ。父の負債を帳消しにできるだけのもうけを出した。これで気にせず領地に戻ってこられるだろう？」

フィオナは唖然とした。

帳消しにできるだけのもうけとは、レックスが仕掛けた偽賭博で得たもののはずだ。根本的に父親と同じ方法で得ている財で、一時しのぎでしかない。それをさも実力で得た財だと断定するとは、厚顔無恥も甚だしい。

「そもそも君と公爵では身分の差がありすぎるだろう。結婚したところですぐに破綻してしまうよ。人は己の身の丈に合った相手と結ばれるべきだ。君は僕と結ばれるのが一番いい。僕は君の夫となるためにアビントン領のことをよく見てきたし、何よりも君を見てきた。フィオナ、僕と一緒に帰ろう」

拒否することなどあり得ないと信じきった手が伸ばされる。

「お断りするわ。私はレックスさまと」

一瞬の後、笑顔のデイヴが目の前に迫り、フィオナの二の腕辺りを両手でぎゅっと摑んだ。

「我が儘もいい加減にしないか。君は僕と結婚するんだ。そして二人でアビントン領を治め、跡継ぎを作って育てる。それ以外はないんだよ」

「……何を……っ」

「まったく……きちんとその身に教えないと駄目かな。君を甘やかしすぎたかもしれない」

言ってデイヴはフィオナを手近な控室に連れ込もうとする。

足を踏ん張るが男の力には勝てない。腕に食い込む手の力が、自分に何をするつもりなのかを教えてくれた。

レックスに迷惑をかけるかもしれないなどと、躊躇ってはいられない。ここは大声で助けを求めなければ。

大きく息を吸い込んだ直後、デイヴの手が急に離れた。

「――俺のフィオナに何をしている」

静かだが地を這うような低く恐ろしい声は、レックスのものだった。

デイヴの背後に立った彼が、その手を摑み上げている。大して力を入れているようには見えなかったが相当の握力がかかっているらしく、デイヴが痛みに顔を顰めた。

無言でデイヴをねめつけ、レックスはもう片方の手首も摑んでフィオナから引きはがした。

突然の暴挙を罵倒しようとしたデイヴだったが、肩越しにレックスをみとめると青ざめた。

「……ハ、ハーディング公爵……っ？」

レックスは強引にデイヴの腕を後ろ手に押さえ込み、フィオナを見る。

「大丈夫か」

「はい、ありがとうございます」

動揺の色を悟られないよう、はっきりと答える。レックスは腕を押さえ込んだまま、デイヴを近くの壁に押しつけた。

「――まあ、レックスさま。急に広間から出ていかれるからどうしたかと思えば……どうなさいましたの……？」

続けて、女性たちの媚びた声が届く。着飾った数人の令嬢たちがレックスを追いかけてきたようだ。

彼女たちは瞬時に修羅場だと察し、フィオナを蹴落とせるチャンスだと互いに目配せする。

数瞬のやり取りのあと、リーダー格の令嬢が勝ち誇った笑みを浮かべて、一歩、前に出た。

「フィオナ嬢、これはどういうことですの？　レックスさまを会場に置いて逢引きですの？　下級貴族のご令嬢は色々と節操がなくて困りますわね」

その言葉に令嬢たちが申し合わせたようにうんうんと頷く。

「フィオナは具合が悪そうな令嬢を介抱していた。令嬢は言葉を詰まらせたが、デイヴがすぐさま続いた。

レックスが淡々と切り返す。令嬢は言葉を詰まらせたが、デイヴがすぐさま続いた。

「ハーディング公爵、あなたはフィオナに騙されているのです！　彼女は自領で僕と関係を持っていました。いずれは僕と結婚し、自領を盛り立てていこうと……」

「まあ……これは不貞疑惑ですわね⁉」

デイヴの言葉に令嬢たちが一気に色めき立つ。よくもまあ瞬時にこれほどまで出てくるものだと呆れるほど、彼女たちは次々と綺麗な言葉遣いでフィオナを罵倒し始めた。

フィオナが弁明する隙を与えてくれない。そしてレックスに取り押さえられたままのデイヴも便乗してくる。

「公爵、どうか愚かな選択はなさらないでください。フィオナは僕の妻になることが決まっています。なのにあなたを誘惑するなど、許しがたい女です。あなたに相応しい女ではありません」

その様子に、フィオナは脱力しそうになる。愛していると言った口でその相手を侮蔑する言葉をよく言えるものだ。本当に自分の利害しか考えていない。

（こんな人に私の故郷を任せることなんてできないわ）

もう一度叩いてやろうかと思ったとき、レックスがこちらを見ていることに気づく。美しいアクアマリン色に、心がす……っ、と落ち着いた。

レックスが低く問いかけてきた。

「フィオナ、この男の言っていることは事実か？」

まくし立てていたデイヴたちが思わず口を噤むほど、厳しい声音だった。フィオナはレックスを真っ直ぐに見返し、背筋を凛と伸ばして答える。

「いいえ、身に覚えのないことです。私の愛は、レックスさまだけのものです」

令嬢たちが驚きに目を瞠る。弁明の余地を与えることなく責め続けたというのに、一切怯むことなく反論したことが予想外だったのだろう。

王都の社交界は、か弱い令嬢では渡っていけない。守ってくれる者が傍にいるのならばいいが、そうでなければ強い者に搾取され続けると教わった。レックスの傍にいると決めて社交に出たとき、フィオナは何よりも一番初めにそれを感じ取った。

だからこそ、ここで泣いて引き下がることは絶対にしない。

「……ま、まあ！　なんて図々しい方なの⁉」

「目の前にあなたと関係を持ったと証言している者がいるのよ。それなのによくもそんなことを言えるわね！」

「やはり生まれも育ちも田舎領地では、卑しい行動しかできないのよ。汚らわしい……‼」

再び罵倒が始まりそうになるが、レックスが一瞥すると面白いほどすぐに止まった。レックスは険しい表情のままで続ける。

「フィオナは正しい」

「どうか目を覚ましてくださいませ‼　あなたはこの女に騙されているのです‼」

リーダー格の令嬢がどこか芝居がかった口調で言う。対してレックスは静かな瞳のままだ。

「俺はしっかり起きている」

「でしたら……‼」

「フィオナは俺以外を知らないと、俺がこの手で確かめている」

令嬢たちはもちろんのこと、デイヴまでもが絶句した。

その言葉の意味することを悟り、何人かの令嬢が頬を染めて気まずげに目を伏せる。フィオナも内心では真っ赤になっているが、動揺を必死に押さえ込んで皆を凛と見返した。

「……まさか、そんな……」

デイヴが信じられないという目を向けた。フィオナは表情を変えないようにしながら、追い打ちをかける。レックスが用意してくれたこの好機を逃してはならない。

「ええ。私のすべてはもう、レックスさまのものなの」

デイヴが何かを言いかけ――すぐに唇を強く引き結んだ。こちらを見つめる瞳の奥に、全身が一気に冷えるかのような昏いものが宿っていた。

一瞬、足が竦んだ。今すぐにでもレックスの傍に駆け寄りたくなるのを必死に堪え、デイヴを真正面から見返し続ける。

すると騒ぎを聞きつけたのか、屋敷の護衛たちがやってきた。

「どうかなさいましたか？」

「彼が俺の婚約者に度し難い暴言を放った。今すぐここから摘み出せ」

鋭く凍てついた瞳からレックスの凄まじい怒りを感じ取り、護衛たちは状況を確認することなくデイヴの両脇を固め、腕を掴んで引っ立てる。あまりにもあっけない退場に拍子抜けし、フィオナはただ見送るだけだ。

レックスがフィオナに近づきながら護衛に言った。

「彼女たちもだ」

えっ⁉　と令嬢たちが驚きの声を上げる。レックスは冷ややかに彼女たちを睥睨《へいげい》した。

「自分たちに罪はないと言うのか？」

リーダー格の伯爵令嬢以外、反撃の言葉はなかった。だが伯爵令嬢はめげず、レックスに取りすがる。

「これはレックスさまのためを思ってのことです‼　卑しい身分の女に騙されてご苦労され

るなどあってはならな――」

「俺がただの農民だったら、お前は俺に好意を持たなかった」

「……え……？」

「俺がこの姿形をし、公爵で王弟でなければ、お前は俺を日に留めることすらしなかった」

断定的な物言いは威圧感をさらに強める。

伯爵令嬢は返答に詰まった。何とかしようと、しどろもどろになりながらも言う。

「それは意味のない仮定ですわ。レックスさまは農民ではなく、公爵で王弟ですもの」

「そうか。では俺が陛下に反旗を翻した罪人だったらどうする？」

彼女はついに絶句した。

それは決して可能性のない未来ではない。レックスが望めば実行できる。

まさか本気なのかと他の令嬢たちはもちろん、警護の者らも息を詰めて次の言葉を待つ。

だがフィオナはまったく揺らがなかった。レックスがそんなことをするわけがない。

（陛下が不必要な憂いを抱かないよう臣下に下る決断をするほど、家族を愛していらっしゃる。それなのに反旗を翻すのだとしたら、それは陛下が大きな間違いをされたとき……）

例えば民を犠牲にしたりするような――そのときは兄を止めるために動くだろう。彼は絶対に私利私欲で動く者ではない。

答えられない伯爵令嬢をしばし冷ややかに見つめたあと、レックスはフィオナに問いかけた。

「では君は、俺が罪人だとしたらどうする？」

「私も一緒に裁かれます。その罪は、それ以外の方法がなかったときに行われることだと思いますから」

即答したフィオナに、レックスがそっと微笑みかけた。あまりにもわずかな表情の変化を、令嬢たちは読み取ることができない。

レックスが改めて伯爵令嬢に言う。

「身分も家格も俺には関係ない。それこそ純潔も関係ない。フィオナがフィオナだから俺は彼女を愛した」

伯爵令嬢はもう何も言えず、立ち竦んでいる。レックスはフィオナを片腕に抱き寄せ、さらに冷たい瞳で彼女を見つめながら言った。

「謝罪を」

「も、申し訳――」

「俺にではない。フィオナに」

令嬢たちの頬に、怒りの朱が走った。こちらに頭を下げるつもりなど一切なかったのだ。

「――謝罪を」

もう一度、冷徹な声でレックスが繰り返す。

令嬢たちは青ざめ全身を慄かせながらも、ドレスのスカートを摘んで礼をした。

「申し訳ございませんでした、フィオナ嬢」

「……いいえ、気にしておりません。すべてレックスさまのためを思ってのことだとわかっておりますから」

後味の悪い謝罪だったが、受けなければ事態が収束しない。令嬢たちは屈辱感に打ち震えながらも今一度深く膝を落とした礼をし、足早に立ち去った。

レックスはフィオナを片腕に抱いたまま、デイヴを自分の部下に引き渡すよう、警護の者に命じている。

デイヴはじっとフィオナとレックスを見ていたが、抵抗もせずされるがままだった。妙に従順すぎるように思えるのは、気にしすぎだろうか。

デイヴがふと、唇を動かした。だが声は発せられず、何を言っているのかはわからない。

フィオナは反射的に彼の唇の動きを凝視する。

『……れ……も、の……だ』――判じられた言葉は少なかった。けれどパズルのように心の中であっという間に組み上がり、意味のある言葉を作り出す。

『君は、僕のものだ』

デイヴは警護の者たちに連行され、もう後ろ姿しか見えない。けれどフィオナはかすかに震え、その姿が見えなくなるまで動けなかった。完全に自分の視界から消えるのを確認しないと、何かされるかもしれない恐怖を消せなかった。

レックスも何か感じ取ったのだろう。鋭く険しい瞳をデイヴに向けている。

彼らの姿が見えなくなってようやく、フィオナは息を吐いた。すぐにレックスが抱き締めてくれる。

「大丈夫だ」

どんなことからも守ってくれるという気持ちが嬉しいから、今は甘えたくなった。

フィオナはレックスの胸に自らすり寄り、身を預けた。強く抱き締め返してくれる腕と力が、言い表しようのなかった恐怖を拭い取ってくれる。

「私、レックスさまに甘えてばかりで……申し訳ありません」

「謝るな。俺は君が甘えてくれて嬉しいし、君に何かできることが嬉しいんだ。そもそも君は俺になかなか手助けさせてくれない」

不満げな声音にフィオナは思わず笑みを零す。

「ありがとうございます。でもしてもらってばかりなのは情けないです。私もレックスさまに何かして差し上げられることを増やせるよう、頑張ります」

愛は一方通行なものではないはずだからと続けると、レックスは嬉しそうに目元を緩め、フィオナのこめかみ辺りにくちづけて言った。

「……なら、ば……」

言いかけて、しかし躊躇ったのか口を噤む。

（レックスさまは私を優先してばかりなのだから……）

そもそもフィオナが嫌がることを要求したことなどない。閨のときですら、いつもフィオナが気持ち良くなるように配慮してくれているのに。

それに彼が何かして欲しいと言ってくれること自体が、非常に珍しく貴重なことだ。何でもやらせてもらいたい。

「遠慮せず仰ってください。私だってレックスさまに何かしたいのです！」

あまりにも勢いをつけて言ったせいか、レックスが驚いてゆっくりと瞬きする。期待を込めて返事を待っていると、彼が耳元に唇を寄せて囁いた。

——告げられた要望に驚いて、フィオナは軽く目を見開く。レックスが気まずそうに口元を押さえ、視線を逸らした。

「馬鹿なことを言った……忘れてくれ」

フィオナは慌てて首を左右に振る。驚いたが、嬉しさの方が増した。

「馬鹿なことだなんて……‼　……私、精一杯頑張りますから……‼」

「……本当にいいのか？」

「も、もちろんです」

顔を赤くしながらもしっかりその目を見返すと、彼は嬉しそうに微笑んだ。

レックスがフィオナにして欲しいこと――それは花嫁教育の知識の一つとして、頭の中に入っていた。

レックスの妻になる者として跡継ぎのことは決して避けて通れない。レックスがフィオナに飽きる様子はまったく見られなかったが、万が一のときのために夫に奉仕するやり方などを教えられている。知識として蓄積されているそれを上手く活用できるかはさっぱりわからなかったが、やる気はあった。

(恥ずかしさはそれ以上だけれど……‼)

『今夜は君に、俺を愛して欲しい』――囁かれた要求を思い出すだけで真っ赤になる。だがフィオナは羞恥を必死に抑え込み、今夜の情事に臨んだ。

準備は念入りに整えた。寝間着も裾が太腿辺りまでしかない透ける生地で仕立てられた扇情的なデザインのもので、下肢を覆う下着はあえて身に着けなかった。肌にくちづけたときにほんのりと香る程度の香油も全身に塗り込んだ。

レックスに美味しく味わってもらいつつも彼に奉仕するために準備を整えたというのに、それが大層彼を喜ばせたようで――立て続けに三度も絶頂を与えられたあと、奥深くまで入り込まれて吐精された。

当然のことながらすぐには快感を収めることができず、未だフィオナはレックスの傍らで息を乱したまま動けない。彼はそんなフィオナを腕に抱き締め、満足げに身体を撫でている。

「私……が、レックスさまに……ご奉仕、すると……！」

「すまない。君のその扇情的な姿を目にしたら、あっという間に昂ぶってしまった。視覚効果も馬鹿にできないものだ……」

レックスはひどく感嘆したように呟く。それでは美しく魅力的な女性が同じ格好をしたらレックスはすぐに昂ぶってしまうのか、と変な嫉妬を覚えてしまう。

「……君以外の女性が同じ格好をしても、まったく欲情しないが……」

心底不思議そうに呟く様子に安心し、愛おしさが増した。気怠い身体を起こし、フィオナは彼の上にのしかかる。

「フィオナ……？　う……っ」

吐精して萎えた肉竿に恐る恐る手を伸ばして触れると、レックスがビクリと腰を震わせた。だが嫌がる様子はない。

それに勇気を得、フィオナは教えを思い返しながら肉竿を優しく掌で撫で始めた。

「……初めて、ですので……不快なことがあったら……言って、ください……」

「……いや……大丈夫、だ……」

そう答えながらもレックスの声はどこか苦しげだ。

フィオナは壊れ物に触れるかのように肉竿全体を掌で包み込み、ふんわりと握って扱く。

レックスが低く呻き、それが硬く大きくなった。

どのような反応も決して見逃さないよう、フィオナはじっと男根の変化を見つめながら手を動かす。

先端から先走りが滲み出した。指ですくい取るとレックスがさらに呻いた。

声に色気が滲んでいて、蜜壺もきゅんっ、と熱く濡れる。彼が感じてくれているのだとわかり、フィオナは人差し指の腹で先端を優しく押し揉んだ。

「……ふ……っ」

(レックスさまが気持ち良さそうで……嬉しい……)

レックスがフィオナをいつも絶頂させたがるのはこのせいかもしれない。愛しい者が自分の愛撫で気持ち良さそうに蕩けている姿を見ることが、こんなに嬉しいものだとは。

「……フィオナ、いい……」

感じていることを伝えられると、さらに嬉しくなる。そしてもっと感じさせたくなる。こういうことに、男女の差はないのだ。

「……もっとしても、いい……ですか……?」

レックスが熱くギラついた瞳でフィオナを見据えながら、小さく頷く。その視線に胸をドキドキさせながらフィオナは彼の足の間に入り込み、蹲った。

乳房を下から支え、谷間に男根を挟む。レックスがかすかに息を呑んだ。

今度は胸の膨らみで肉竿を優しく擦る。

「……ん……っ」

なかなか難しい。挟むのは上手くいったが、乳房で上下に扱くのは思うように上手くいかなかった。これはもっと実践を積まなければ駄目だろう。

それでも柔らかな膨らみの間で肉竿は熱くなり、血管が浮き出るほど昂ぶって今にも吐精しそうだ。膨らみの間から見え隠れする亀頭を見下ろしていると、教えられるまでもなく次にすることがわかってくる。

(レックスさまが私を気持ち良くさせてくれることを思えば、どうすればいいのかわかる)

フィオナは頭を下げ、亀頭を舐めた。先ほど見つけた感じる場所を――先端のくぼんだ部分を、尖らせた舌で押し回す。

「……く、ぅ……っ」

ちらりと見上げると、こちらを食い入るように見下ろす彼の表情は、常より険しさを増していながらも壮絶な色気を纏っていた。蜜口が熱く濡れ、下腹部の奥が疼いて息を呑む。

思わず動きを止めてしまった直後、レックスが慌てた様子でフィオナを押しのけた。直後、びゅくっ、と白濁が迸《ほとばし》り、フィオナの喉から胸元が汚される。

熱く青臭いもので肌が汚れ、フィオナは驚いて硬直した。レックスが大きく息を吐いて脱いだ寝間着を引き寄せ、フィオナの肌を拭う。

「……すまない。今の君の顔に、とても興奮してしまった……」

（私も、レックスさまのお顔を見て……とても、濡れてしまって……）

同じ気持ちになれたことが、嬉しい。レックスがフィオナの頬を両手で包んで引き寄せ、止める間もなく舌を搦める官能的なくちづけを与えた。

そのまま押し倒されそうになり、慌てる。訝しげに眉を寄せたレックスの胸を両手で押しのけ、フィオナは羞恥で全身を桃色に染めながら彼の膝を跨いだ。

「……最後まで……私に、させてください……」

レックスが息を呑む。だが拒むこともなく、瞳に宿る欲情の色がさらに強くなった。

それを見返してしまったら、もう目を伏せることはできない。ベッドの上に座したレックスの足の間で、昂った肉竿が腹につきそうなほど反り返っているのが視界の端に映り込む。

（これ、を……私はいつも……受け止め、て……）

狂暴なほど雄々しい肉茎の先端に狙いを定め、フィオナはゆっくりと腰を下ろしていく。

ぷちゅん、と膨らんだ先端を飲み込んだだけで、背筋が震えるほど感じてしまった。蜜が驚くほど滲み出し、潤滑剤代わりとなってそのまま奥まで受け入れていく。

「……あ……は、ぁ……っ‼」

「く……ぁ……っ」

レックスの両手が細腰を摑んだ。食い込む指の強さで、彼がとても感じてくれていることがわかる。いつもより圧迫感が強かったが、おかげで苦しさよりも喜びの方が増した。

「……ん……あ、あ、あー……っ‼」

根本まで受け入れたが、あまりの雄々しさにすぐに動くことができない。ともすればレックスの胸に倒れ込んでしまいそうだ。

「……フィオナ……どう、した……。終わり、か……？」

ならば俺が動くと言外で告げられ、フィオナは慌てて首を左右に振った。

「私、が……やり、ます……っ。あ……あっ、んぁ……っ」

男根が蜜壺を出入りするときの動きを真似て、懸命に腰を上下に動かす。だが腰を落とせば自重で深く受け止めてしまい、子宮口がぐりぐりと押し広げられて強い快感に満たされ、ふにゃりと力が抜けてしまうのだ。

「……あ……あぁ……」

すぐに自力で動けなくなり、レックスに身を預けてしまう。

「……もう、無理か」

言葉は厳しいが、声音は蕩けるほど優しい。それどころか、仕方ないなと苦笑する響きも感じられる。

だからフィオナは申し訳ないと思いつつも、レックスに甘えた。

「ごめ……なさ……もう、無理、です……」

「わかった。ならば今度は俺が君を良くしてやる」

レックスがフィオナの臀部を掴み、突き上げてきた。乳房が大きく揺れ動くほどの力強い突き上げに、フィオナは声もなくあっという間に絶頂する。だがレックスは止まらず、達して締めつける蜜壺の中をガツガツと突き上げ続けた。

身体を支えきれなくなったフィオナを抱き締め、くちづけながらも腰の動きを止めない。再び達して肉竿を強く締めつけても、レックスは吐精することなく動き続けた。

「……んぅ、んっ、んー……っ」

達しているのに容赦なく攻められ、意識が白く塗り替えられて遠くなる。けれど突き上げをやめないまま前に回った片方の手が恥丘を撫で、花芽を摘まんでぐりぐりと押し潰してくれば、再び快楽に引き戻された。

（こんな……こんな、の……壊れ……て、しま……う……）

だがそうはならないと、身体が教えてくれる。レックスの太く雄々しいそれを、蜜壺は実に美味しそうに締めつけて味わっているのだ。

快楽に酔わされると、心はとても素直になる。こんなに求めてもらえて嬉しいから、少しでも何か返したくなる。だからフィオナは喘ぎの合間に掠れた声で告げた。

「……レックス、さま……好き……っ」

拙いが何よりも想いが伝わってくる告白は、レックスを滾《たぎ》らせたようだ。さらに突き上げが強く大きくなる。

「ああ……俺も、フィオナ……君が好き、だ。愛して、る……っ」

「……ん……あ、あぁぁっ‼」

一層強く貫かれると同時に、熱い精が体奥に放たれた。

吐精の衝撃に打ち震えるフィオナを抱き締め、レックスは喘ぎすら呑み込むために深くくちづけてきた。拘束にも似た抱擁もあって、窒息しそうだ。

吐精は長かった。すべてを飲み込みきれず、繋がった場所からどろりと溢れ出してくる。

互いの下肢を濡らす感触にレックスは軽く眉を寄せ、ようやく唇を離した。

「……は……ぁ……」

あまりにも強い快感に全身を支配され、蕩けた瞳でレックスを見返してしまう。彼は目元に優しくくちづけ、苦笑した。

「すまない。暴走……した」

「……大丈夫、です……その…………ご満足いただけました、か……？」

レックスが途端に渋面になる。

「まだ足りないと言ったら……怒るか……？」

どれだけ絶倫なんだ、とフィオナは内心で青ざめて絶句する。頭の中で明日の予定を思い返しながら、フィオナは恐る恐る言った。

「むしろ嬉しいですけれど……明日、午後にダンスの授業があるので……」

「わかった。……加減する」

真面目な表情で頷いたレックスの言葉を信用するしかなかった。


デイヴはあのあとレックスの部下に引き渡され、彼が所有する別の屋敷に軟禁されているという。レックス自身がアビントン領での悪事について話を聞くつもりらしい。おそらくここで企みをすべて暴き、デイヴたちに正当な罰を与えるつもりなのだろう。

叔父・チャールズは、未だ暗躍しているレックスたちに気づいていない。儲けを与えてくれる賭場を知人に紹介し続け、悪質な賭場で稼いでいる一味を突き止めることに貢献している。

犯人たちが誰なのか、彼らの拠点がどこなのかなどの調査も終わったという。デイヴの尋問が済めば、レックスたちが乗り込みに行く手はずになったと教えてもらった。

もうすぐ叔父たちを故郷から引き離すことができるのだ。

すべてをレックスに任せっぱなしであることは、未だ心苦しい。何かできることはないかと申し出てみたもののいつも通り「ない」と言われてしまえば、もどかしいながらも従うしかなかった。

デイヴは抵抗することなく、おとなしいままだという。だがレックスの部下たちの尋問には決して口を開かず、とにかくレックスと話をしたいとの一点張りらしい。少し痛い目に遭わせてもその要求を覆すことがないという。

フィオナが心配しているのは、デイヴの要求を呑んだレックスに危険が及ばないかということだ。

デイヴはとても思い込みが激しい。以前からその気質の気配を感じてはいたが、今回の件で確信せざるを得なかった。

デイヴは自分が正しいと思っていることが本当は間違っていることにも気づけないし、気づいたところで認めない。だからこそフィオナと肉体関係を持ったなどと堂々と言えるのだ。

――今日はレックスがついに自らデイヴのもとに向かう日だ。

レックスほど荒事に慣れて実力もある人ならばデイヴに何かされることもないだろうが、やはり心配は尽きない。出掛ける前に何度も気をつけて欲しいと頼んでしまい、レックスはもちろんのこと、使用人たちにも苦笑されてしまった。

「心配してくれてありがとう。大丈夫だ。君も気をつけてくれ。俺のいないところで決して一人にはならないことだ。デイヴのことは大丈夫だとしても、君はもう俺の婚約者として社交界に名も顔も知れ渡っている。俺を気に入らない者に狙われる可能性は充分にある」

この日はフィオナも出掛ける予定があった。だからこその忠言だろう。

フィオナはベレスフォード伯爵夫人から紹介されたボランティア活動団体に所属しており、その活動の一つ、チャリティーバザーの打ち合わせに向かうのだ。

主催メンバーは毎回入れ替わっていて、そのたびに関わる者たちが変わる。そうやって女貴族社会での人脈を作りつつ、信頼できる者たちを探していくらしい。ベレスフォード伯爵夫人の気遣いと学びは、とても得がたく大切なものとなっている。

今日は今回の活動メンバーの一人である男爵令嬢の屋敷に招かれていた。少し引っ込み思案な性格のようで、レックスの婚約者となったフィオナに対しても怯えるような表情を見せる内気な令嬢だ。話が弾むよう、使用人たちから教えてもらった評判の菓子店の商品を、土産として用意していた。

「心配してくださってありがとうございます」

「ベレスフォード伯爵夫人もこの集まりには同席するのか？」

「今回はご都合がつかなかったとのことです」

「ならば不必要に引き留められることもなく、すぐに帰れるな。俺も早めに戻る」

それまで仕事に没頭するばかりだったレックスは、今ではできる限りフィオナとの時間を作るようにしている。自分が彼の邪魔になっているのではないかと心配になったこともあったが、ローレンスたちはとても好意的に否定してくれた。

『これまでお休みを取ること自体がほとんどなかったのです。これはとてもいい傾向です！　これを機に、レックスさまはご自分の幸せというのを考えてもいいと思います』――懐に入れた者を大切にしすぎるからこそ、己を犠牲にすることをまったく厭わない。だからレックスの懐に入れてもらえた者は、彼の幸せを真に願う。

「自分用にお菓子を取り分けています。お戻りになったら一緒に食べませんか？」

そんな甘えた要求に、レックスは目元を優しく緩めながら無言で頷いてくれた。

先に出掛けるレックスを見送ったあと、フィオナも護衛と使用人を連れて男爵令嬢の屋敷へと向かった。

通された応接間はすでにもてなしの用意が整えられていて、メンバーの何人かがソファに座っている。今日のリーダーとなる男爵令嬢が笑顔で出迎え、フィオナの土産をとても喜んでくれたが――不思議とこれまで以上に怯える様子があった。

「どうかなさったの？」

思わずそう問いかけてしまうと男爵令嬢は大きく肩を震わせたが、すぐに笑顔を浮かべて大丈夫だと答えた。だがやはり心配だった。何かあったのだろうか。

気遣いながらも室内に入れば、そこに意外な人物がいた。先日のパーティーでデイヴとのやり取りを目撃し、フィオナを糾弾してきたリーダー格の伯爵令嬢だ。

彼女はこのメンバーの中に入っていない。話を聞いたベレスフォード伯爵夫人がフィオナに近づかないよう、手を回してくれている。

なのになぜ、彼女がいるのか。

視界の端に、哀れなほど怯えて震えている男爵令嬢の姿が映る。それで納得した。

（なるほど……男爵令嬢に圧力をかけて、私がやってくるこの集まりに同席させたのね。つまり私に物言いたいことがあると）

ふう、と軽く息を吐いて、フィオナは伯爵令嬢に微笑みかけた。

「こんなところでお会いできるなんて驚きました。先日はご助言を色々とありがとうございました」

伯爵令嬢の頬が軽く引きつる。レックスに手厳しくされたことを思い出したのだろう。

「……いいえ、私の方も出すぎたまねをしてしまいましたわ。こちらにお見えになられると聞きましたので、ぜひお詫びをしたいと思いまして」

にっこりと満面の笑みを浮かべて伯爵令嬢は応える。

互いに笑顔を見せ合いながら、その下では真意の探り合いだ。不穏な空気を漂わせないよう努力をしていても伯爵令嬢がフィオナへの敵意を一切隠さないのだから、応接間に集う他の令嬢たちが何とも居心地悪そうに口を噤んでしまう。

（ああ、いけないわ。他のご令嬢がたを巻き込むわけには……）

フィオナは青ざめた表情で立ちすくむ男爵令嬢に優しく言った。

「彼女と二人きりでお話しがしたいのです。お庭を散歩してきてもよろしいでしょうか？」

「は、はい……ど、どうぞ……」

伯爵令嬢が、すっ、と立ち上がり、勝手知ったる様子で応接間を出ていく。

もしかしたら男爵令嬢を常に顎で使っているような関係なのかもしれない。これは悪いことをしてしまったと申し訳なく思いながら、フィオナも伯爵令嬢のあとに続く。

どちらも会話はなく、無言のままだ。とりあえず外に行くつもりなのだろうと思っていたが、意外にも彼女は屋敷の奥まった廊下の方へと進んでいく。

「どこに行かれるのですか？」

「誰かに話を聞かれたくはありませんの。ですから私的なお庭の方へ行こうかと思いまして」

丁度目的地だったのか伯爵令嬢が立ち止まり、目の前の扉に手をかけた。

扉を開けるとこぢんまりとした庭があり、小さめのテーブルと椅子がある。そこに座っている者をみとめ、フィオナは顔を強張らせた。

（……デイヴ⁉）

デイヴはレックスの別邸で軟禁状態ではなかったのか。しかも今日は、レックス自身が直接話を聞くと言って出掛けたのだ。

なのにどうしてここにデイヴがいるのか。

（いいえ、それよりも私は逃げた方がいいのでは……‼）

屋敷に戻ろうとしたときには遅い。伯爵令嬢が出入口に立っていて、後ろ手に扉を閉めている。

代わりにデイヴが立ち上がり、ゆっくりと歩み寄ってきた。

「色々と手助けしてくれて助かったよ」

フィオナの背後にいる伯爵令嬢に、デイヴが感謝の意を示す。どういうことなのかと困惑するフィオナに、彼女は笑った。

「あなた、生意気なのよ。田舎領主の娘程度がレックスさまの妻？　あり得ないわ。何もせず、ただレックスさまの妻となることで私たち女貴族社会の中で高位に立って私たちをこき使うなんて、納得できないわ。だから彼の脱出の手助けをしてあげたの。あとお金も都合してあげたから、さっさとこの女を領地に連れ帰ってちょうだい！」

忌々しげにフィオナを睨みながら伯爵令嬢は言う。全身に叩きつけられる悪意と嫌悪感に心が震えたものの、フィオナは怯まず彼女を睨み返した。

「私は確かにレックスさまの妻になるけれど、だからといってあなたたちをこき使うつもりなんてないわ。身分に相応しいやり取りは必要だけれど、その中に、自分より身分の低い者を好き勝手に扱っていいというものはないわよ！」

彼女がこの家の男爵令嬢を身勝手に使役してきたのは間違いないだろう。男爵令嬢の弱さももちろん責められるべきではあるが、そうしていいのだと当たり前のように思う彼女の考え自体がそもそもおかしい。

叱責されたことで伯爵令嬢の怒りはますます強まったようだ。顔を真っ赤にして、デイヴに叫ぶ。

「さっさと連れ帰って‼　こんな女、見たくもないわ‼」

「さあ、フィオナ。アビントン領に帰ろう」

デイヴがフィオナの腰を抱き寄せようとしてくる。フィオナは慌てて一歩退き、その手を叩いた。

「触らないで。私に触れていいのはレックスさまだけよ」

「まったくわからず屋だな……あまり反抗的だと、僕も優しくしてあげられないよ？」

「わからず屋はあなたの方よ！」

デイヴが嘆息し、フィオナの腕を掴んだ。痛みに悲鳴を上げそうになるがそれを堪え、足に力を入れて踏ん張る。

無論、その程度の抵抗などデイヴには通用しない。そのまま引きずられるようにして連れていかれる。

「離して‼　私は行かないわよ‼」

「ああ、うるさいな……アビントン領に帰ったら、花嫁教育をやり直してもらわないとね」

言いながらデイヴはポケットからハンカチを取り出し、それをフィオナの口にねじ込んだ。続いて顎を片手で押さえ、頬に指をめり込ませ、鼻先が触れ合うほどの至近距離で瞳を覗き込む。

「おとなしくするんだ、フィオナ。……これ以上ひどくされたくはないだろう？」

あのときのように、と声に出さずにそう告げられる。のしかかられたときの恐怖が蘇ったが、それも本当にわずかな瞬間だ。

レックスが甘く優しく——ときには欲望を抑えきれずに激しく抱いてくれて、この身体には彼の愛情が染みついている。だから恐怖はすぐに消えた。

フィオナはデイヴを睨みつけた。心は負ける気はない。

デイヴの瞳の奥に、昏い光が宿る。殺されるのではないかと思って身を強張らせたフィオナに、彼が空いている手を伸ばしてきた。

——直後、その手の甲に短剣が突き刺さった。

「……ぐぁ……っ‼」

鋭い先端が掌から突き出たほど強い一撃だった。

伯爵令嬢が悲鳴を上げて、扉に背を押しつける。デイヴがフィオナを離し、短剣の突き刺さった手を押さえた。フィオナは急いでデイヴから離れ、ハンカチを吐き出した。

一体何が起こったのかすぐにはわからない。がさりと茂みをかき分け、庭を囲う柵を乗り越えて姿を見せたのは、レックスと彼の部下たちだった。

レックスの表情はフィオナですら悲鳴を上げてしまいそうなほど険しい。

この場にいてはいけないと反射的に悟った伯爵令嬢が、屋敷の中に戻ろうとドアノブに手をかける。だがそれよりも早く扉が開き、新たに現れた別の部下が威圧的に彼女を見下ろした。

「一緒に来ていただきます」

伯爵令嬢は反論も抵抗もできない。そんなことをすればますます不評を買うことになる。引き際はわかっているようで、彼女はおとなしくレックスの部下たちに従った。

デイヴは憎々しげにレックスを睨みつける。意にも介さず、レックスがフィオナに駆け寄った。

「大丈夫か」

はい、と答えようとしたとき、デイヴが手に突き刺さっていた短剣を力任せに引き抜いて逆手に持ち、丁度背を向けていたレックスの背中に突き刺そうと襲ってきた。フィオナは大きく目を見開き、反射的にレックスを突き飛ばして己の身で凶刃を受け止めようとする。

「フィオナ、それは愚かな守り方だ」

レックスが愛おしげな声で言い、フィオナを片腕に抱き込みながら素早く振り返った。

襲われることをすでに予想していたらしく、目の前に迫る凶刃に眉一つ動かさないまま、左手で短剣を握ったデイヴの手首を強く摑んだ。そのまま、容赦なく捻る。

ぐきっ、と骨が外れる嫌な音がすると同時に、デイヴが地に叩き伏せられた。短剣が彼の手から飛び、レックスの足元に落ちる。レックスはそれを遠くに蹴り飛ばした。

すぐさま起き上がろうとしたデイヴの顎先に、レックスが蹴りを見舞った。長靴の先端は革製で硬く、無造作に見える程度の動きだったのに力は相当だったらしい。

デイヴの前歯が何本か折れ、鼻血とともに空間に散った。

「ふぐぁ……‼」

膝立ちになって痛みに叫ぶデイヴを、レックスは冷ややかに見つめている。領民が酔っ払ったときの喧嘩くらいしか目にしたことがないフィオナには、実に生々しく恐ろしいやり取りだった。

レックスはもう一度、デイヴの顎に蹴りを見舞った。勢いで仰向けに転がされ、デイヴが痛みに叫ぶ。レックスの部下たちがすぐさま彼に走り寄り、腰のベルトにつけて用意していた捕縛用の縄で後ろ手に縛り上げた。

容赦ない力で引き立てられ、レックスに鼻血まみれの顔を向けさせられる。フィオナは思わずレックスの胸に顔を埋めそうになったが堪え、無言でじっとデイヴを見返した。

（守られるだけでは、駄目なのよ）

男の力で敵わないのは仕方がない。だが心まで折れてしまうのは情けない。

何よりもレックスとともに生きていこうとするのならば、この程度の修羅場で悲鳴を上げ、彼の腕の中で震えていてはいけないのだ。

「相手の実力を瞬時に計ることができないのは愚かしい」

耳にしただけで全身が氷柱《つらら》に包まれるかのような、冷ややかで低い声だ。

「お前が変に抵抗しなかったのは、部下の誰かを買収するつもりだったからだろう。しかも報酬は依頼を受けたときではなく、フィオナの夫の座に着いたらなどと言っていたらしいな」

デイヴが唇を強く引き結ぶ。フィオナは呆れて言葉もない。

そんな交渉を受ける者も小者だ。そしてレックスの部下にそんな者がいるとは思えない。

「懐柔したはずの部下にあの令嬢への手引きをさせ、フィオナを連れ去ろうとしたな。自領に戻れば天下だとでも思ったのだろうが、そんなことを俺が許すわけがないだろう。お前はこれからアビントン伯爵家の財産横領の罪で、父親共々、逮捕されることになっている」

デイヴが大きく目を見開く。

「ど、どういうことだ……‼　父上も俺も、稼ぎに変化は……」

「その賭場が俺の用意した偽の賭場だ。お前の父親が調子づいて他にも紹介してくれたおかげで、このことに関わっていた者たちもすべてあぶり出すことができた。俺の用意した賭場のせいでお前たちを陥れた賭場のオーナーが乗り出してきたのも助かった。叩き潰してやったから、奴らはもう賭場を開けない」

デイヴが絶句する。そしてすぐさまデイヴがフィオナを見た。

助けを求めて縋りつく視線には嫌悪感しかない。この状況でフィオナが救いの手を差し伸べると思うこと自体が信じられなかった。

「お前もこれで終わりだ。お前はこれから……」

その先を続けようとするレックスを、フィオナは腕を掴む指に力を込めて止める。レックスが気づき、静かに唇を引き結んだ。

フィオナは感謝の微笑みをレックスに向けたあと、デイヴに向かって一歩踏み出した。救いが与えられるのだとでも思ったのか、デイヴの瞳が輝いた。

裁いたことで、裁かれた者に悪意を持たれることもある。それが恐い。

けれどレックスのいる場所は、そういう世界なのだ。

「あなたのした罪はレックスさまに裁いていただくわ。私の生まれ育った大切な場所を脅かすあなたを、私は許せない」

「……アビントン領は、僕と君で、栄えさせていくべき土地だ……」

「いいえ。代々領民のためにある財を自分のために浪費したあなたや叔父さまは、アビントン領主として相応しくない。レックスさま、正しい裁きをお願いします」

「引き受けよう」

レックスが頷いて部下たちに目配せすると、愕然と目を見開いて絶句するデイヴを彼らが連れていく。終わった、と安堵したせいか、膝から力が抜けて崩れ落ちそうになった。レックスがしっかりと抱き止めてくれる。その腕に身を預けながら、フィオナはふと気づいて問いかけた。

ある程度の前準備が必要だっただろうに、どうやってこの屋敷に潜んでいられたのだろう。家主である男爵に話を持ちかけることはもちろん必要だが、あの伯爵令嬢がここにやってくる確証はなかったはずだ。この集いにフィオナが参加することを、ベレスフォード伯爵夫人は彼女には知られないようにしていたのだから。

「ああ……それは男爵令嬢が俺たちに協力してくれていたからだ。あの伯爵令嬢から今回の件に協力するよう圧力をかけられたときに、俺に接触してくれた」

その事実にフィオナは驚く。とてもそんな勇気を持っている令嬢には見えなかった。

「勇気を持てたのは、君を見たからだそうだ。俺の伴侶として周囲から嘲笑されても嫌悪感を示されても、努力を怠らず挫けもしない姿を見て、君のようになりたいと思ったらしい」

レックスに恥をかかせることだけはしたくないと努力してきたことが、こんなかたちで一つ、実を結んだのか。確実な結果が出てくれて、嬉しい。

フィオナが泣き笑いのような笑みを浮かべると、レックスが優しく唇にくちづけをくれる。

「俺も君に相応しい男になれるよう努力していく。俺はもう少し社交的になるべきだ」

眉間に深い皺を刻みながらレックスが生真面目に言う。

おそらく彼の理想は、兄・エイドリアンなのだろう。だが必要ないことだとフィオナは笑う。

「レックスさまは今のままで充分素敵です。これ以上魅力的にならないでください。私が追いつけなくて、嫉妬して、嫌な女になってしまいますから」

レックスは軽く目を瞠ったあと嬉しそうに笑って頬を寄せ、改めてくちづけてきた。

「ならば君もこれ以上魅力的にならないでくれ。他の男の目に映らないよう、屋敷の中に閉じ込めてしまいたくなる……」

レックスにされるのならばそれも心地良いものかもしれないと思ったことは――秘密だ。

【終章】

叔父やデイヴらを餌食として金銭を巻き上げていた組織は、レックスの部下たちによって本拠地を突き止められた。違法な賭場を開き、叔父たち以外の人々にも金銭的被害を与えたとして捕らえられ、余罪がないか調査されている。また、叔父とデイヴは私欲のためにその組織に他者を巻き込んだだけでなく、自身も金銭目当てに手を染めたこと、フィオナを己のものにせんとした罪もあり、厳しい罰が与えられるとのことだった。

二人は今、レックスの監視のもと、王国の北にある罪人収容所に入れられ、囚人としての日々を送っている。まもなく行われる裁判により罪状が明らかになるが、それまで牢に入れてただ飯を食わせる気はないとは、レックスの言葉だ。

収容所にて数年の強制労働と奉仕活動、刑期が明けてもアビントン領からの追放と王都へ踏み入ることの禁止、フィオナと――アビントンの領民との接触を禁止することを罰の中に組み込むと、レックスは公言している。フィオナは一切口を出さず、罰についてはすべて彼に任せた。

レックスの部下はローレンスを筆頭に優秀な者たちばかりで、それらの調査を滞りなく進め定期的な報告を上げ、そのとき彼に決裁を求めるだけにしている。おかげで結婚準備を妨げられることもなく、それから一ヶ月後、予定通りに婚儀は行われた。

婚儀は王城内にある大聖堂の中で行われる。そこで婚儀を行うのは、王族でも上位の者たちだけだ。そんなところで執り行われることにフィオナは恐縮し目眩すら覚えたのだが――エイドリアンに「そうするように」と言われてしまえば従うしかない。

婚儀の段取りの確認のときに初めて踏み入った場所だが、天使が踊る天井画や大きなステンドグラスの窓、白大理石で作られた床や柱、百人以上を収容できる大きさなど、荘厳すぎて眩しく、祭壇に向かって歩けるのかと心配になったほどだ。

だが王位継承権を放棄したとはいえ、レックスの身分と立場を考えれば王族並みの婚儀となってもおかしくはない。緊張で身体も心も萎縮してしまったが、レックスの妻として初めての公的な行事だ。頑張らなければと意気込む。

しかしレックスはこっそりと兄たちと話し合い、フィオナの心に負担をかけすぎないように取り計らってくれ、招待客を必要最低限にしてくれた。おかげで大聖堂にはエイドリアンと王太后、ベレスフォード伯爵夫妻、重鎮貴族たち数名が参加しているだけだ。

自邸に戻ればお披露目パーティーが開かれることになっているが、それも一度で済むように招待客を調整してくれている。挨拶を交わすだけのパーティーになってしまう可能性もあったが、その一晩を乗り越えればゆっくりできるとなれば気持ちもずいぶん楽になった。

伝統に則り、揃いの白い婚礼衣裳だ。冬の始まりが訪れたため、縁にファーを付けたマントも作られた。

新しく仕立てたそれを試着のときも見ていたが、大聖堂の中ではひときわ映える。フィオナはレックスの腕に手を掛けたままで、思わずぼうっ、と見惚れてしまった。

婚礼衣装はこの日限りのものではない。レックスはこの婚儀の約一ヶ月後にアビントン領へ行く予定を立ててくれた。新婚旅行も兼ねて、およそ二週間の休暇だ。

それだけの休暇を取るにはさすがに様々な根回しが必要ですぐには予定を組むことができなかったものの、ローレンスたちの働きにより、日程の確保はできた。

アビントン領でレックスの顔見せをし、今後の領地運営についての説明を領民にするのはもちろんのこと、フィオナの婚礼衣装を見せるために、もう一度そこで婚儀を行うことになっている。準備はフィオナの代わりに領地を管理しているレックスの部下たちが引き受けており、いつ来ても大丈夫だと言われていた。

田舎暮らしは嫌いではないと言ってくれていたから、式が終わるなりすぐに婚礼衣装を脱いで、レックスは領民と馴染んでしまうかもしれない。アビントン領は社交性よりも仕事ができるかできないかで人の価値が決まる土地柄だ。きっと領民と上手くやっていくだろう。

畑仕事や力仕事をするレックスを想像し、フィオナは思わず微笑んでしまう。意外に似合っているような気がした。

そんなフィオナの様子を見てレックスが訝しげに眉を寄せた。

「どこか、変か……？」

「い、いいえ！　とっても素敵です。見惚れてしまいました……」

「ありがとう。君も女神の如く美しい。……今夜が楽しみだ」

今夜はどれくらい激しく愛されるのだろう。レックスに毎晩抱かれているのだが、やはり婚儀を終えた夜の情事は特別に思える。フィオナは耳まで赤くなりながらも頷いた。

「せ、精一杯、お応えします」

「よろしく頼む。俺は子供は少なくとも三人は欲しい」

ひゃっ、と声にならない悲鳴を上げてしまったのは、先ほどの会話を聞かれていたことに気づいたからだ。レックスが迎えに来る前に花嫁の控え室にベレスフォード伯爵夫人と王太后が様子を見に来て、孫は何人欲しいなどと話したのだ。

「だが気負うな。子がなくとも俺は構わん。そのときは近い血族から養子をとればいい」

フィオナの心を軽くしてくれる言葉だ。そして子供を跡継ぎのためだけに必要としているわけではないことも教えてくれる。

「……大変申し訳ございません。そろそろ入場していただいてもよろしいでしょうか……」

聖堂に続く大扉の前で控えていた使用人たちが、とても気まずそうに声をかけてきた。自分たちの世界を作っていたことに気づかされ、フィオナはさらに顔を赤くする。レックスは変わらず平然と、彼女たちに扉を開けるよう頷きで促した。

大扉が開く。広い大聖堂の中で待っていたエイドリアンやローレンスたちが一斉にこちらを見て盛大な拍手で迎えてくれる。祭壇の前に立つ神官たちも、祝福の笑みで待っていた。

揃って一歩踏み出そうとすると、レックスがふと、言った。

「ああ……大事なことを言い忘れていたことに気づいた」

今ですか⁉　とフィオナの心が緊張で跳ねる。レックスはフィオナを見返し、ひどく真面目な表情で続けた。

「俺の妻になってくれて、ありがとう」

そんなことを改めて告げられるとは思ってもおらず、不意打ちの喜びに視界が涙で滲む。フィオナは目元から零れそうになる涙を慌てて手袋の指先に染み込ませ、化粧が崩れないようにしながら満面の笑みを浮かべた。

「レックスさまも……私の夫になってくださってありがとうございます……！」

レックスも嬉しそうに笑って頷く。そして改めてフィオナの手を取り、祭壇へと向かった。

祝福の鐘の音が響き渡る。それはきっと、アビントン領の空にまで響き渡っていくような気がした。

あとがき

こんにちは、舞姫美です。今作をお手に取っていただき、どうもありがとうございます。

本人たちは気づいていませんが、出会って数秒で一目惚れカップルです（笑）。本人たちが気づいていないので、周りが一生懸命応援しています（苦笑）。でも気づいたら、お互い一途によそ見をしません。これぞ私が大好きな、お互いだけを思う愛！（力説）えー……ヒーローの方が愛情過多なのは私の通常運転なのでご容赦ください（笑顔）。

眼光鋭く冷酷さバリバリで社交性ゼロ（笑）な超格好いいレックスさまと、穏やかな優しい外見の中に芯の強さを見せる愛らしいフィオナを描いてくださったサマミヤアカザ先生、どうもありがとうございました！　表紙ラフを拝見したとき、「猛獣が小動物をすっぽり包み込んで誰にも近づけさせないようにしているわ……（歓喜）」と、二人の関係性をぴったり表してくださっていて、とても嬉しかったです！

改めて今作品に関わってくださったすべての方に、深くお礼申し上げます。

そして何よりもお手に取ってくださった方に、最大級の感謝を送ります。頂くご感想などで、どんなに辛いことがあっても『作品作り』だけはやめないでいきたいものだと励まされています。ありがとうございます。今作品が少しでも癒やしとなり、楽しんでいただければ何よりです。

またどこかでお会いできることを祈って。

舞姫美　拝

殿下、甘やかしすぎです!

～女嫌い王弟公爵の過保護な求婚計画～ Vanilla文庫

2024年11月20日　第1刷発行　定価はカバーに表示してあります

著　者　舞 姫美　©HIMEMI MAI 2024

装　画　サマミヤアカザ

発行人　鈴木幸辰

発行所　株式会社ハーパーコリンズ・ジャパン

東京都千代田区大手町1-5-1

電話　04-2951-2000(営業)

0570-008091(読者サービス係)

印刷・製本　中央精版印刷株式会社

Printed in Japan ©K.K. HarperCollins Japan 2024 ISBN978-4-596-71749-8